COLLECTION FOLIO

Jean Tardieu

La comédie de la comédie

SUIVI DE

La comédie des arts

ET DE

Poèmes à jouer

Gallimard

AVANT-PROPOS

Le regroupement et la nouvelle édition de mon théâtre en format de poche se poursuivent avec le présent volume.

Il se compose de trois parties : la première intitulée « La comédie de la comédie », la seconde « La comédie des arts », la troisième « Poèmes à jouer ».

Alors que le précédent Folio commençait par une suite de pièces nommée « La comédie du langage », le premier groupe de celles que voici met en relief, sous une forme souvent burlesque, les jeux de scène et les mouvements des personnages, bref la gestuelle, *si importante dans la réalisation scénique.*

« Il y avait foule au manoir », dans le style naïf d'une intrigue policière 1900, inspirée de la figure légendaire d'Arsène Lupin, doit donner au public l'illusion qu'il est en présence d'un imbroglio entre plusieurs personnages, alors que tous les rôles masculins sont, en réalité, tenus successivement par un seul et même acteur et tous les rôles féminins par une seule et même comédienne.

Selon la tradition du fameux Frégoli, ces deux comédiens sont donc obligés, très rapidement, de se grimer et de changer de costume dans la coulisse. Cette gymnastique de précision plaît beaucoup aux interprètes, ainsi qu'aux spectateurs complices. Voilà pourquoi cette pièce, ainsi que plusieurs autres comédies appartenant à mon « théâtre de chambre », est très en faveur auprès des professeurs d'art dramatique, à titre d'exercices pratiques proposés à leurs élèves.

« Oswald et Zénaïde » ou « Les apartés » souligne

comiquement une convention encore en usage à l'époque d'Eugène Labiche, qui consistait à opposer artificiellement aux répliques lancées à pleine voix, certaines petites phrases prononcées « mezzo voce » par les personnages, comme s'ils faisaient semblant de révéler au public leurs sentiments secrets, à l'insu de leurs propres partenaires.

« L'archipel sans nom » ou « Un geste pour un autre » se déroule dans un pays imaginaire où tout se passe à l'inverse de nos usages : un galant homme, invité à une réception mondaine, baise le pied droit des dames et non la main droite, on souffle dans des petits ballons de baudruche au lieu de fumer des cigarettes, on demande confidentiellement à l'oreille des personnes de service dans quel endroit on peut aller manger quelque chose, comme s'il s'agissait d'aller se cacher, d'urgence, où vous savez.

« Eux seuls le savent » est une pièce, également parodique, qui semble évoquer un sombre drame, dans le style de l'ancien théâtre naturaliste, avec une intrigue compliquée, mais le public ne parvient pas à en saisir le sens, ni à comprendre les mobiles énigmatiques de l'action, malgré la conviction dramatique manifestée par les personnages.

Dans « Une consultation », on voit un psychiatre interroger un de ses patients pour établir son diagnostic puis, peu à peu, s'échauffer et s'énerver à un tel point que les rôles se renversent et que le médecin devient lui-même un malade mental en pleine crise.

« Faust et Yorick » est l'aventure paradoxale d'un éminent anthropologue. Son intuition lui a fait pressentir une phase future de l'évolution humaine, qui doit aboutir à un accroissement considérable du volume de notre crâne et, par conséquent, de l'intelligence humaine. Il a passé toute son existence à cette recherche, tenant pour peu de chose les événements de sa vie familiale. Le spectateur assiste, pendant la brève durée d'un sketch, non seulement à un raccourci de la carrière de ce savant, mais encore à sa destinée posthume. En effet, peu de temps après sa mort, ses fidèles disciples, en procédant à

son autopsie, découvrent que ce crâne futur, ce crâne tant cherché, eh bien, c'était le sien !

La seconde partie du recueil, portant pour titre « La comédie des arts », ne doit, en aucun cas, prêter à un malentendu. Ici, ce ne sont pas les arts ni la musique, anciens ou modernes, qui sont les cibles de mon humour, mais bien la façon dont on en parle. C'est notre époque tout entière qui prête à confusion. Si, par exemple, dans la farce intitulée « La société Apollon », on voit la responsable d'une « visite guidée », en conduisant le troupeau docile de ses touristes pour leur faire admirer les œuvres d'un génial sculpteur abstrait, se tromper d'atelier et leur présenter un inventeur de petites mécaniques destinées aux Arts Ménagers, ce n'est pas pour se moquer des créateurs les plus hardis de notre temps, mais pour souligner le dangereux tohu-bohu de notre époque, où l'on mélange aux motivations élevées de la création artistique les impératifs utilitaires et publicitaires de l'industrie.

De même, dans « La Sonate et les trois messieurs », en présentant trois « solistes » qui, au lieu de s'exprimer par des sons, n'utilisent que des mots et des métaphores sans rapport avec le vocabulaire musical, je ne fais que révéler la jalousie admirative que j'ai toujours éprouvée pour l'art des grands compositeurs.

Tant pis pour les spectateurs qui n'auraient pas compris mes intentions, comme ce fut le cas d'une dame que j'ai entendue un soir dire à sa voisine, pendant le déroulement de ma comédie : « Il s'agit de trois pêcheurs à la ligne qui sont allés au bord d'un étang et qui n'ont pas pris de poisson ! »

Autre exemple de mon admiration inconditionnelle pour les grands artistes d'aujourd'hui : dans le chapitre « Poèmes à jouer », figure un texte qui avait été prévu pour l'inauguration de la « Fondation Maeght », à Saint-Paul-de-Vence, projet qui fut remplacé finalement par un récital de chant. Cette pièce, composée à la gloire de trois illustres peintres modernes — Braque, Chagall et Miró —, met en scène, sous le titre « Trois personnes entrées dans les tableaux », trois personnages fictifs qui, par leur dialogue lyrique, symbolisent l'œuvre et l'univers pictural de ces trois grands créateurs.

Enfin, neuf pièces brèves terminent ce volume sous le titre commun « Poèmes à jouer ». Elles ont été, elles aussi, très souvent représentées, bien que leur ambiguïté se réclame de l'écriture poétique bien plus que du spectacle.

Là comme ailleurs, j'ai cherché la difficulté et même la gageure, car je suis, par nature, hostile aux genres convenus et aux cadres préétablis.

On trouvera par conséquent, dans cette dernière partie du présent livre, toutes sortes de dialogues qui participent à la fois du poème et de la comédie, du rêve et de la réflexion :

C'est le cas par exemple de « Monsieur Moi » où un philosophe se promène en pleine nuit en s'adressant à un domestique niais porteur d'une petite lanterne. Ailleurs, se déroule un cauchemar symbolique intitulé « Qui est là ? » où l'on assiste à la mort et à la résurrection d'un pauvre père de famille. Ailleurs encore, le rideau se lève sur une scène, meublée comme une maison de campagne abandonnée où n'apparaît aucun personnage mais où l'on entend une voix sans visage (« Une voix sans personne »).

Un autre texte évoque un mannequin de paille frissonnant sous les vents d'une plaine désolée, qui semble parler pour lui-même en murmurant la litanie de l'homme seul (« L'épouvantail »). Ailleurs encore, deux amoureux, penchés, la main dans la main, au bord d'une fenêtre ouverte en plein été, font alliance avec l'incommensurable et incompréhensible splendeur d'un ciel fourmillant d'étoiles (« Le sacre de la nuit »), etc.

C'est que la poésie est à la fois la solitude et la rencontre. Elle est le livre et le théâtre et peut, avec la fantaisie imprévisible et la nonchalance d'un promeneur, passer de l'un à l'autre, en ouvrant toutes les portes.

I

La comédie de la comédie

IL Y AVAIT FOULE AU MANOIR

OU

LES MONOLOGUES

PERSONNAGES

Cette comédie a pour objet de souligner le caractère artificiel et comique des « monologues » de théâtre. C'est pourquoi, bien qu'elle comporte plusieurs personnages, il n'y en a jamais qu'un seul en scène. Elle peut donc être jouée par deux comédiens seuls, un homme et une femme, incarnant successivement et très rapidement les divers rôles, grâce à quelques artifices de costume ou de grimage.

Rôles pour un seul comédien :

DUBOIS-DUPONT, *détective privé.*

PREMIER VALET DE CHAMBRE, *mince et élégant.*

DEUXIÈME VALET DE CHAMBRE, *pataud et matois.*

Rôles pour une seule comédienne :

LA BARONNE DE Z...

MISS ISSIPEE, *invitée au manoir et maîtresse du baron.*

PREMIÈRE FEMME DE CHAMBRE, *jolie et distinguée.*

DEUXIÈME FEMME DE CHAMBRE, *rustaude et grognon.*

La scène se passe vers 1880. Le décor représente une pièce quelconque, sorte de vestibule d'un château à la campagne. Au fond, à gauche et à droite, deux portes donnant sur des salons. Dans la cloison de droite, un grand placard. On entend au loin une valse désuète. Entre

Dubois-Dupont. La musique s'arrête dès qu'il commence à parler.

DUBOIS-DUPONT, *il est vêtu d'un « plaid » à pèlerine et à grands carreaux et coiffé d'une casquette assortie « genre anglais ». Il tient à la main une branche d'arbre en fleur.*

Je me présente : je suis le détective privé Dubois. Surnommé Dupont, à cause de ma ressemblance avec le célèbre policier anglais Smith.

Voici ma carte : Dubois-Dupont, homme de confiance et de méfiance. Trouve la clé des énigmes et des coffres-forts. Brouille les ménages ou les raccommode, à la demande. Prix modérés.

Les raisons de ma présence ici sont mystérieuses autant que... mystérieuses... mais vous les connaîtrez tout à l'heure. Je n'en dis pas plus. Je me tais. Motus.

Qu'il me suffise de vous indiquer que nous nous trouvons, par un beau soir de printemps *(il montre la branche)*, dans le manoir du baron de Z... Zède comme Zèbre, comme Zéphir... *(Il rit bêtement.)* Mais chut ! Cela pourrait vous mettre sur la voie.

Comme vous pouvez l'entendre, le baron et sa charmante épouse donnent, ce soir, un bal somptueux. La fête bat son plein. Il y a foule au manoir.

On entend soudain la valse qui recommence, accompagnée de rires, de vivats, du bruit des verres entrechoqués. Puis tout s'arrête brusquement.

Vous avez entendu ? C'est prodigieux ! Le bruit du bal s'arrête net quand je parle. Quand je me tais, il reprend.

Dès qu'il se tait, en effet, les bruits de bal recommencent, puis s'arrêtent.

Vous voyez ?...

Une bouffée de bruits de bal.

Vous entendez ?...

Bruits de bal...

Quand je me tais... *(Bruits de bal)*... ça recommence... quand je commence, cela se tait. C'est merveilleux !

Mais, assez causé ! Je suis là pour accomplir une mission périlleuse. Quelqu'un sait qui je suis. Tous les autres ignorent mon identité. J'ai tellement d'identités différentes ! C'est-à-dire que l'on me prend pour ce que je ne suis pas.

Le crime — car il y aura un crime — n'est pas encore consommé. Et pourtant, chose étrange, moi le détective, me voici déjà sur les lieux mêmes où il doit être perpétré !... Pourquoi ? Vous le saurez plus tard.

Je vais disparaître un instant, pour me mêler incognito à la foule étincelante des invités. Que de pierreries ! Que de bougies ! Que de satins ! Que de chignons ! Mais on vient !... Chut !... Je m'éclipse. Ni vu ni connu !

Il sort, par la droite, sur la pointe des pieds, un doigt sur les lèvres. A peine a-t-il disparu, la porte de gauche s'ouvre, livrant passage à la ravissante Baronne de Z... en robe du soir.

LA BARONNE DE Z...

Je suis la ravissante Baronne de Z..., la femme la plus enviée et la plus courtisée des environs. Admirez ma robe du soir : cette étroite gaine de safran goudronné, ce faux buste en autruche africaine, ces décrochez-moi-ça en sapin des Vosges, ce corsage en lanoline crénelée ! Et mes bijoux, mes bijoux fameux dans toute la région : mon collier de morilles flambées, ma grosse couturière au petit doigt, mon sautoir de Coryza Louis XVI... Et ces pizzicatti sur ma pimprenelle, ne sont-ils pas les plus beaux du monde ?

Soudain mélancolique.

Voilà pourquoi je me désole d'être abandonnée par mon mari. Il ne pense qu'à la chasse ! En été, poursuivre le plumier des marais, rester des heures dans la boue, à l'affût d'un buvard sauvage, en automne, forcer la cheviotte à la course — tels sont ses passe-temps préférés !

Elle soupire.

Cependant, loin de mes amies de pension, moi qui n'aime ni le jeu, ni la musique, ni la lecture, je m'ennuie et je languis dans ce grand manoir breton ! Ou plutôt, je m'ennuyais, lorsque le Baron eut l'idée imprévue d'organiser ici même un bal ! Un bal ! Lui, le chasseur ! Un bal dans ce domaine solitaire ! C'était incroyable ! J'en suis encore tout éberluée — et ravie ! Car il faut bien se rendre à l'évidence : c'est le plus beau soir de ma vie, la fête bat son plein et il y a foule au manoir ! Vite, retournons dans la grand-salle, nous occuper de nos invités ! Dieu, que je m'amuse !

Elle sort par où elle est entrée. De nouveau, on entend la musique de la fête. Tout à coup un cri déchirant, un cri de femme couvre les bruits du bal qui s'arrêtent aussitôt après. La porte de gauche s'ouvre brusquement.

PREMIÈRE FEMME DE CHAMBRE,
entrant par la gauche
elle est svelte et jolie.

Je suis la Première Femme de chambre. Le Baron me faisait un peu la cour. Il aimait la couleur de mes cheveux !... Mais pourquoi parler de tout ça ?... La Baronne s'est trouvée mal. Vite des sels et un médecin !

Elle sort par la droite.

PREMIER VALET DE CHAMBRE,
entrant par la droite ;
bas blancs, gants blancs, perruque ;
il est jeune et maniéré.

Quel deuil pour nous tous ! Se peut-il qu'une pareille chose soit arrivée ! Un soir de bal ! Et moi qui aimais tant Monsieur !... Ah, j'oubliais de vous dire que je suis le Premier Valet de chambre ! Le premier ! Une place d'honneur !

Il sort par la gauche.

DEUXIÈME FEMME DE CHAMBRE,
entrant par la gauche;
c'est une paysanne bien en chair;
elle parle avec rudesse.

C'est moi, Julie, la Deuxième Femme de chambre. Je surveille aussi la cuisine. L' pauv' Monsieur, il aimait bien tâter ma poitrine, comme ça, dans les coins!... Tout ça, moi j' vous l' dis, c'est la faute de Madame. Madame aimait pas la chasse. Madame aimait pas manger les caniveaux et les saperlottes que Monsieur il tuait avec son fusil! Alors, ça lui a tapé su' l' système, à c't homme!

Elle sort par le droite.

DEUXIÈME VALET DE CHAMBRE,
entrant par la gauche;
il boite et a une moustache
et des favoris.

Je n' suis peut-être que le Deuxième Valet de chambre du manoir. D'accord. Pourtant, j'en sais plus long que beaucoup d'autres! Il y a longtemps que je m' doutais de que'q' chose! Mais voilà : je ne voulais rien dire à personne! Et c'est pourquoi personne ne savait rin!

Il sort par la gauche.

MISS ISSIPEE, *entrant par la droite;*
elle est jeune et jolie
et a un fort accent américain.

Je suis la dame fatale de ce château. On m'appelle Miss Issipee. Je l'aime, je l'adore, avec ses armoires et son blouson de descendant de la Croisée!... Faisons semblant de porter secours à la Baronne! Mais bientôt je serai dans le locomotive!... En attendant, cherchons la sel et la vinaigre!

Elle disparaît à gauche.

DUBOIS-DUPONT, *venant de la droite ;*
il est en habit de soirée
et tient à la main
un chapeau haut de forme.

La trame se noue et le mystère s'épaissit !... Grâce à ma diabolique machination, la Baronne de Z... a été informée, en plein bal, de la mort subite de son époux ! Est-ce un crime ? Est-ce un suicide ? La foule des invités, qui encombre encore les salles du manoir, se le demande avec angoisse. Écoutez !...

Par la porte restée ouverte, on entend des voix diverses s'interpeller.

VOIX DES INVITÉS, *au loin.*

Crime ?... Suicide ?... Mais non, voyons ! C'est impossible !... Il s'est suicidé !... Parbleu non !... Si !... Un suicide ?... Un crime, sûrement ! Cherchons l'assassin !

DUBOIS-DUPONT, *se frottant les mains*
avec satisfaction.

Parfait ! parfait ! Voilà l'affaire en bonne voie !... Mais on vient !... Vite, disparaissons dans les méandres poussiéreux de ce château, dont nous connaissons les issues les plus secrètes.

Il disparaît à droite.

MISS ISSIPEE, *reparaissant à gauche ;*
elle tient un livre à la main.

J'ai répandu la sel et la vinaigre dans le sein de la chambrière pour en chatoyer les naseaux de la Baronne. Et *(montrant le livre)* j'ai pris l'Indicatif des Chemins de Vapeur. Puisque le mort, il est *exactly* réussi, je peux partir contente. Mon chéri ne fera pas longtemps le pied de mouton sur le quai de la station.

On entend un galop de cheval qui s'éloigne.

Voilà le galopin du cheval qui l'emporte ! Vive le castor à poils longs de l'Oklahoma !

Elle sort par la droite.

PREMIER VALET DE CHAMBRE,
entrant par la droite.

Cette demoiselle américaine a bien mauvais genre ! Hélas ! Monsieur avait un faible pour elle ! Elle venait toujours se frotter à lui, quelle horreur ! Et moi, il me fallait brosser la poudre de riz qu'elle laissait sur les habits de Monsieur ! Dommage ! Un si gentil Monsieur !

Il sort par la gauche.

DEUXIÈME FEMME DE CHAMBRE,
entrant par la droite ;
elle porte une salière et un vinaigrier.

Qu'est-ce qu'elle veut que je fasse de cette salière et de ce vinaigrier, c'te pécore ? Ça veut faire du zèle ! Sa p'tite gueule ne me revient pas ! Et puis, vous me croirez si vous voulez, mais j'y crois pas un mot, à c't' histoire ! Monsieur étendu mort dans le parc ! Lui qu'était bien vivant, y a pas une heure ! Allons donc ! Et puis, qui c'est qui l'a vu, l' cadavre ? Un p'tit gosse qu'a été traîner de ce côté, on n' sait pourquoi, et qu'a pris peur en voyant un homme étendu par terre ! Qui sait ? C'tait p't-êt' bien un invité qui prenait l' frais ! Et qu'est-ce que c'est que c't' histoire de chapeau de forme enfoncé su' la tête ? Est-ce qu'on s'y prend comme ça pour tuer le monde ? Ou pour se suicider soi-même ! Allons donc !

Elle sort par la gauche en haussant les épaules.

DEUXIÈME VALET DE CHAMBRE,
entrant par la gauche.

Je n' comprends rien à rien quand y a rien, d'accord ! Mais quand y a quelque chose, alors je comprends. Seulement, vous croyez peut-être que je vous dirai ce que je sais ? Eh bien non, je ne vous dirai rin, rin de rin !

Il sort par la droite.

PREMIÈRE FEMME DE CHAMBRE,
entrant par la gauche.

Est-ce que j'ai rêvé ? Pendant que je partais chercher le médecin, j'ai cru voir, dans le corridor mal éclairé, passer la silhouette de Monsieur le Baron ! Ou, en tout cas, de quelqu'un qui lui ressemblait étrangement ! Un homme en habit qui se glissait le long des murs et qui a semblé disparaître dans la tapisserie ! Tout cela est à vous rendre fou ! Quelle nuit, seigneur, quelle nuit !

Elle sort par la droite. La scène reste vide un moment. Le vent se met à souffler violemment et à gémir sous les portes.

LA BARONNE DE Z...,
entrant par la gauche et parlant à la cantonade.

Non, merci, laissez-moi, je vais mieux ! Je veux rester seule un moment et réfléchir à ces étranges circonstances. *(Elle ferme sa porte.)* Quelle soirée ! Quelle série de coups de théâtre ! Et comme un fragile bonheur a tôt fait de s'effondrer sous la main cruelle du destin !... A peine avais-je pris conscience de ma joie, au milieu de la foule brillante des invités, à peine avais-je fait un ou deux tours de valse — et voilà que l'atroce nouvelle me terrassait, par la bouche d'un enfant innocent !... Ah ! Tant que je vivrai, je me souviendrai de cet air de valse !

On entend, comme dans un rêve, en sourdine, l'air de valse du début de la fête, puis chuchotés par des voix diverses, ces mots : « Crime ? Suicide ? Crime ? Suicide ? » Elle rêve un moment, en essuyant ses larmes, puis :

Mais comment comprendre tout cela ? A 10 heures, un enfant prétend avoir aperçu le corps inanimé de mon époux, gisant dans le parc, son chapeau haut de forme étrangement enfoncé sur sa tête, jusqu'au menton ! A 10 h 05, lorsque tout le monde accourt sur le lieu du prétendu crime, le corps a disparu ! Quoi qu'il en soit, mon mari n'a pas reparu au château ! Mais qui donc aurait eu intérêt à l'assassiner, lui si riche et si confiant ? Et pourquoi se serait-il suicidé, lui qui aimait tant chasser ? D'autre part, dois-je me fier à la parole d'un enfant qui a pris peur ?... Ah ! ces énigmes me tuent ! Ma pauvre tête me fait mal.

Pendant tout le temps du monologue de la Baronne, le vent a soufflé de plus en plus fort. Soudain, comme par l'effet d'un violent courant d'air, la porte du placard s'ouvre et de telle façon que les personnages sur scène soient censés pouvoir apercevoir ce qu'il y a dedans, sans que les spectateurs, eux, puissent rien voir. La Baronne qui, plongée dans ses pensées, va et vient sur la scène, se trouve tout à coup en face du placard ouvert. Elle pousse un cri strident et s'enfuit par la gauche. Aussitôt après, apparaît, en courant, par la droite, la Deuxième Femme de chambre.

DEUXIÈME FEMME DE CHAMBRE

Qui a crié ?...

Apercevant le placard et poussant un cri de terreur.

Seigneur Dieu ! Le cadavre !

Elle s'enfuit, en se signant, par où elle est venue. Aussitôt après apparaît, par la gauche, le Premier Valet de chambre.

PREMIER VALET DE CHAMBRE

Oh ! là ! là ! Un pendu ! Mais c'est Monsieur ! Oui, c'est ce pauvre Monsieur ! Au secours ! Au secours !

Il disparaît par où il est venu.

PREMIÈRE FEMME DE CHAMBRE, *venant de la droite.*

Quel remue-ménage ! Qu'y a-t-il encore ?

Elle se retourne et aperçoit le placard.

Oh ! quelle horreur !... *(Se reprenant.)* Voilà une apparence qui a tout de la réalité ! Allons, du courage ! Osons regarder ! Oui, eh bien, moi, je dis que ce n'est pas Monsieur le Baron ! *(D'une voix qu'elle veut assurée et le bras levé tragiquement dans la direction du « cadavre ».)* C'est quelqu'un qui voulait se donner l'air de Monsieur le Baron ! Mais qui n'était pas Monsieur le Baron !

On entend un nouveau cri strident au loin.

Allons bon ! Voilà la Baronne qui pique encore une crise de nerfs ! Il va falloir encore lui apporter des sels ! Et moi, est-ce qu'on m'en fait respirer, des sels !

Elle sort bravement par la droite. La scène reste vide un moment. On entend des cris, des gens qui s'interrogent, des pas pressés. Le vent redouble de fureur, et tout à coup, le « cadavre » raide et ligoté, le chapeau haut de forme enfoncé jusqu'au menton, tombe du placard, la face contre terre.

MISS ISSIPEE, *apparaissant à gauche, traverse rapidement la scène jusqu'à la droite, s'adressant au « cadavre ».*

Bien le bonjour et gratitude, monsieur le fait-tout ! Le vrai Baron, il est déjà loin ! Je me croise avec lui, cette nuit, dans le port de Brest. Vous recevrez votre chèque dans le pigeon voyageur. Adieu !

Elle disparaît à droite. Aussitôt le « cadavre » se tortille sur le sol pour se débarrasser de ses liens, se relève et retire le haut-de-forme qui cachait son visage : c'est Dubois-Dupont, ravi.

DUBOIS-DUPONT, *éternuant et secouant la poussière de son habit.*

Pouah ! On ne peut imaginer quelle quantité de poussière s'accumule dans un placard de vieux château , surtout lorsqu'il communique avec un escalier dérobé qui n'a pas été ouvert depuis les Croisades! Cela m'apprendra à jouer les fantômes!

Tant pis! Ou tant mieux! Pendant que je me morfondais, étouffant sous le chapeau du crime (ou du suicide, on ne saura jamais!), le Baron a gagné le large, bientôt rattrapé par sa Dulcinée, l'intrigante Américaine!

Crime ou suicide, peu importe : de toute façon, la mort subite de ce pauvre baron restera ancrée dans l'esprit de tout le monde. Certains, même, auront bel et bien aperçu le cadavre, mystérieusement transporté dans un placard par une nuit sinistre de grand vent. Que faut-il de plus pour recommencer une vie ailleurs, quand on est un gentilhomme amoureux et ivre de liberté, et pour aller chasser le castor à poils longs de l'Oklahoma! Telle est la machination qu'avait imaginée le Baron, pour fuir à tout jamais avec Miss Issipee, en emportant ses lingots d'or dans sa valise et en laissant une veuve inconsolable!

Et maintenant, à notre tour, fuyons! Nous avons gagné la partie... Pourvu que mon chèque me parvienne! Je n'ai pas tellement confiance dans les pigeons voyageurs!

Il prend dans le placard son plaid et sa casquette à carreaux, se couvre de l'un et de l'autre et disparaît tranquillement par la droite. Du même côté apparaît la Première Femme de chambre.

PREMIÈRE FEMME DE CHAMBRE,
apercevant le placard vide.

Naturellement! Le placard est vide! Je m'en doutais! Voilà un cadavre qui a de bonnes jambes! Tout cela n'était qu'une ridicule comédie! Ah! que la Baronne est donc nigaude d'avoir cru à tout cela!

Elle disparaît à gauche. La scène reste vide un instant. On entend de nouveau l'air de valse.

DEUXIÈME VALET DE CHAMBRE,
*apparaissant à gauche
et parlant à la cantonade.*

Eh ! ma pauv' dame ! Venez par ici ! N'ayez pas peur ! Vous verrez qu'il y a pas plus de baron ni de cadavre que sur ma main ! Ah ! il doit être loin, vot' époux ! Et en bonne santé, moi je vous le dis !... *(Parlant au public.)* Sacrebleu ! Je me doutais bien de quelque chose, mais je ne voulais rien dire, rien de rien !

Il sort à droite.

LA BARONNE DE Z...,
*apparaissant à gauche
et traversant mélancoliquement la scène.*

Tel fut mon seul jour de bonheur ! Il a sombré pour toujours dans le mystère et la solitude ! Hélas ! Toute ma vie, je me souviendrai de ce soir de bal !... Ce soir-là, il y avait foule au manoir !...

Elle disparaît à droite tandis que l'air de valse se fait entendre en sourdine.

Rideau.

OSWALD ET ZÉNAÏDE

OU

LES APARTÉS

PERSONNAGES

OSWALD, *vingt ans fiancé de Zénaïde*
ZÉNAÏDE, *vingt ans, fiancée d'Oswald.*
MONSIEUR POMMÉCHON, *soixante ans, père de Zénaïde*
LE PRÉSENTATEUR.

LE PRÉSENTATEUR,
devant le rideau fermé

Exagérant à dessein un procédé théâtral autrefois en usage, cette petite pièce a pour objet d'établir un contraste comique entre la pauvreté des répliques échangées « à haute voix » et l'abondance des « apartés ».

Le Présentateur se retire. Le rideau s'ouvre. La scène est dans un salon bourgeois à la campagne, vers 1830. Au lever du rideau, Zénaïde est seule. Elle rêve tristement en arrangeant un bouquet dans un vase. On frappe à la porte à droite.

ZÉNAÏDE, *haut.*

Qui est là ? *(A part.)* Pourvu que ce ne soit pas Oswald, mon fiancé ! Je n'ai pas mis la robe qu'il préfère ! Et d'ailleurs, à quoi bon ? Après tout ce qui s'est passé !

LA VOIX D'OSWALD, *au-dehors.*

C'est moi, Oswald !

ZÉNAÏDE, *à part.*

Hélas, c'est lui, c'est bien Oswald ! *(Haut.)* Entrez, Oswald ! *(A part.)* Voilà bien ma chance ! Que pourrai-je lui dire ? Jamais je n'aurai le courage de lui apprendre la triste vérité !

Entre Oswald. Il reste un moment sur le seuil et contemple Zénaïde avec émotion.

OSWALD, *haut.*

Vous, vous, Zénaïde ! *(A part.)* Que lui dire de plus ? Elle est si confiante, si insouciante ! Jamais je n'aurai la cruauté de lui avouer la grave décision qui vient d'être prise à son insu !

ZÉNAÏDE, *allant vers lui et lui donnant sa main à baiser ; haut.*

Bonjour, Oswald ! *(A part, tandis qu'Oswald agenouillé lui baise la main avec transport.)* Se peut-il que tout soit fini ! Ah ! tandis qu'il presse ma main sur ses lèvres, mon Dieu, ne prolongez pas mon supplice et faites que cette minute, qui me paraît un siècle, passe plus vite que l'alcyon sur la mer écumante !

OSWALD, *se relevant, tandis que Zénaïde retire gracieusement sa main ; haut, avec profondeur.*

Bonjour, Zénaïde ! *(A part.)* Ah ! ce geste gracieux et spontané, plus éloquent que le plus long discours ! J'ai toujours aimé le silence qu'elle répand autour d'elle : il est comme animé de paroles mystérieuses que l'oreille n'entendrait pas, mais que l'âme comprendrait.

ZÉNAÏDE, *haut, avec douceur.*

Asseyez-vous, Oswald ! *(A part.)* Il se tait, le malheureux ! Je crois entendre son cœur battre à coups précipités, sur le même rythme que le mien. Pourtant, il ne sait rien sans doute et croit encore à notre union !

Elle s'assied.

OSWALD, *s'asseyant à quelque distance.*

Merci, Zénaïde ! *(A part.)* Cette chaise était sûrement préparée pour moi. La pauvre enfant m'attendait et ne pouvait prévoir le motif de ma visite !

On entend sonner 5 heures au clocher du village.

ZÉNAÏDE, *haut, avec mélancolie.*

Cinq heures ! *(A part.)* Mais il fait déjà nuit dans mon cœur !

OSWALD, *haut, sur un ton qui veut paraître dégagé.*

Eh oui, 5 heures ! *(A part.)* Pour moi, c'est l'aube des condamnés !

ZÉNAÏDE, *haut.*

Il fait encore jour ! *(A part, d'un air stupide, comme récitant un exemple de grammaire.)* Mais les volubilis ferment leurs corolles, ma grand-mère préfère les pois de senteur et le jardinier a rangé ses outils.

OSWALD, *haut, avec un soupir.*

C'est le printemps, Zénaïde ! *(A part, d'un air sombre et presque délirant.)* Aux Antipodes, c'est l'hiver ! Au Congo, les Lapons s'assemblent sur la banquise ; en Chine, les Bavarois vont boire de la bière dans les tavernes ; au Canada, les Espagnols dansent la séguédille.

ZÉNAÏDE, *haut avec un nouveau soupir.*

Oui, il fait jour ! *(A part, avec égarement.)* Ce silence m'accable ! La canne de mon oncle avait un pommeau d'or, la marquise sortit à 5 heures : ma raison s'égare ! Dois-je tout lui dire ? Ou bien jeter mon bonnet pardessus les moulins ?

OSWALD, *haut, avec tendresse.*

Il fait jour ! Vous l'avez déjà dit, Zénaïde ! *(A part, avec véhémence.)* Me voici brutal, à présent ! Feu et diable, sang et enfer ! Les sorcières vont au sabbat, la lune court dans les ajoncs !... Allons, du calme, du calme ! Je ferais mieux de lui révéler ce secret qui m'étouffe !

ZÉNAÏDE, *à part.*

Je n'en puis plus !

OSWALD, *à part.*

C'est intolérable !

ZÉNAÏDE, *à part.*

Je meurs !

OSWALD, *à part.*

Je deviens fou !

ZÉNAÏDE et OSWALD,
à part et ensemble,
au comble du désespoir.

Hélas ! ma fa-mille ne veut pas de no-tre mariage !

Un long silence. On entend sonner 6 heures.

ZÉNAÏDE, *haut.*

Vous disiez ?

OSWALD, *haut.*

Moi ? Rien !

ZÉNAÏDE, *haut.*

Ah ! bon ! Je croyais...

OSWALD, *haut.*

C'est-à-dire...

ZÉNAÏDE, *haut.*

Quoi donc ?

OSWALD, *haut.*

Oh ! peu de chose !

ZÉNAÏDE, *haut.*

Mais encore ?

OSWALD, *haut.*

Presque rien !

ZÉNAÏDE, *haut.*

Vraiment ?

OSWALD, *haut.*

Oui, vraiment ! D'ailleurs je vous écrirai ! *(A part.)* Puisse ma lettre ne jamais parvenir à destination et féconder le gouffre de l'oubli, cependant que j'irai, dans les sables d'Australie, à la recherche d'un trésor moins précieux que celui que je perds !...

ZÉNAÏDE, *haut.*

Peut-être répondrai-je ! *(A part.)* Ce sera la dernière lettre que j'aurai adressée au monde avant d'ensevelir dans un couvent ma jeunesse désespérée !

OSWALD, *avec émotion.*

Au revoir, Zénaïde ! *(A part.)* Le boulanger pétrit sa pâte, l'écuyère monte à cheval, le navigateur fait le point, les cheminées fument, le soleil luit, mais moi, je dois dire adieu à la jeune fille que j'aime !

ZÉNAÏDE, *haut,*
des larmes dans la voix.

Au revoir, Oswald ! *(A part.)* Je ne sais plus quoi penser, je ne sais plus que dire, je suis comme la feuille d'automne qui tombe sur un étang à minuit !

A ce moment, la porte s'ouvre brusquement. Entre un bourgeois ventripotent, cossu et jovial. C'est Monsieur Pomméchon.

MONSIEUR POMMÉCHON

Eh bien ! mes enfants ! Ah ! Je vous y prends, ah ! je vous y prends !

ZÉNAÏDE, *à part, avec effroi.*

Ciel, mon père !

OSWALD, *à part.*

Celui qui aurait pu devenir mon beau-père !

MONSIEUR POMMÉCHON

Allons ! allons ! Remettez-vous ! Je ne vais pas vous manger, que diable ! A votre âge et à votre place, il y aurait longtemps que... je me serais embrassé !

ZÉNAÏDE et OSWALD,
haut et ensemble.

Mais, que signifie ?...

MONSIEUR POMMÉCHON

Cela signifie, mes petits poulets, cela signifie, mes petits lapins, que vous avez été les jouets d'une affectueuse mystification ! Cela signifie que je viens pour tout arranger. De la part de ta mère, ma chère Zénaïde, de la part de ton père, mon cher Oswald. Nous avions décidé de mettre vos sentiments à l'épreuve. Lorsque vous avez cru que tout était perdu, votre chagrin nous a prouvé que votre mutuel penchant n'était pas de ces feux de paille, de ces entraînements d'un jour, de ces... de ces... choses qui ne durent pas et qui... Mais vous ne dites rien ? Sac à papier ! On dirait que vous voilà frappés de stupeur !

ZÉNAÏDE, *à part.*

O Dieu ! Un pareil bonheur est-il possible ?

OSWALD, *à part.*

Béni soit le jour où la grand-mère de ma fiancée donna naissance à mon beau-père !

MONSIEUR POMMÉCHON

Bon ! bon ! Je vois que votre émotion vous coupe le souffle. Sac à papier ! A votre âge et à votre place, je me serais déjà sauté au cou ! Enfin, bref, je n'insiste pas, je vous laisse à votre joie. Nous parlerons demain de la noce... si du moins vous avez recouvré l'usage de la parole. Allons, au revoir, mes petites carpes, au revoir, mes petits colibris ! Ah ! sac à papier, sac à papier !

Il tapote la joue de Zénaïde, donne une bourrade amicale à Oswald et part en riant. Un silence. Zénaïde et Oswald restent debout côte à côte, puis :

OSWALD, *haut, avec feu.*

O Primavera ! Gioventù dell'anno ! O Gioventù ! Primavera della vita !

ZÉNAÏDE, *à part.*

Quel bizarre langage ! Je ne comprends pas ce qu'il dit, mais un accent de mâle gaieté résonne dans ses paroles ! *(Haut.)* Oh ! who is me to have seen what I have seen, to see what I see !

OSWALD, *à part.*

Que dit-elle ? Quelle est cette langue inconnue ? O musique de la voix bien-aimée ! Sa mélodie fait vibrer notre âme, alors même que nous ne comprenons pas ses paroles. *(Haut.)* Il est 5 heures, Zénaïde !

ZÉNAÏDE, *à part.*

Le voilà qui se trompe encore d'heure, mais je dois apprendre à ne pas contredire mon époux. *(Haut.)* Eh oui, déjà le soir, Oswald !

OSWALD, *à part.*

Parbleu non, il fait encore grand jour, mais il ne faut jamais contrarier les femmes ! *(Haut.)* Vous voilà donc à moi, cher ange ?

ZÉNAÏDE, *à part.*

Encore une erreur, c'est lui qui est à moi, mais peu importe ! *(Haut.)* Eh oui, nous voilà enfin à nous, vous et moi !

OSWALD, *à part.*

A nous, elle a dit à nous ! Elle est à moi, moi à elle, nous à nous. *(Haut.)* Pour toujours ?

ZÉNAÏDE, *à part.*

A jamais ! *(Haut.)* A la vie ?

OSWALD, *à part.*

A la mort.

Rideau.

L'ARCHIPEL SANS NOM

OU

UN GESTE POUR UN AUTRE

PERSONNAGES

L'AMIRAL SÉPULCRE
MADAME DE SAINT-ICI-BAS
MONSIEUR ET MADAME GRABUGE
LA BARONNE LAMPROIE
MADEMOISELLE CARGAISON
MONSIEUR SUREAU
CÉSAR, *valet de chambre.*

La scène se passe au temps des romans de Jules Verne. L'Amiral ressemble au capitaine Grant : tenue d'officier de marine de 1860, favoris, redingote, haute casquette, lorgnette en bandoulière, etc.

L'AMIRAL SÉPULCRE, *tête nue, s'avançant devant le rideau.*

Lorsque nous abordâmes dans l'archipel Sans-Nom (ainsi nommé parce que nul navigateur n'avait réussi à le découvrir), nous nous trouvâmes, à notre vive surprise, en présence d'une civilisation fort avancée : des villes toutes neuves (grâce à de fréquents bombardements), des citoyens libres (grâce à une police omniprésente), des mœurs pacifiques (défendues par une milice armée jusqu'aux dents), un gouvernement solidement établi sur l'instabilité des opinions — bref, toutes les conquêtes du progrès !

Cependant, mise à part cette ressemblance essentielle avec la vie de nos Sociétés, tout dans les mœurs de ce pays nous déconcertait grandement. Il semblait qu'un malin génie se fût amusé à faire de nos propres coutumes une absurde salade, en amenant les citoyens à prendre une attitude pour une autre, un geste pour un autre...

Nous fûmes d'abord vivement surpris de ces usages, puis, peu à peu, aidés par la bonne grâce de nos hôtes, nous nous y habituâmes, au point que, pour ma part, je pris du service dans la marine du pays où je parvins au grade d'amiral et demeurai plus de vingt ans.

De retour dans ma patrie d'origine, je ne comprends plus très bien pourquoi les gens de chez nous se serrent la main lorsqu'ils se rencontrent, enlèvent leur chapeau lorsqu'ils franchissent une porte, s'assemblent pour manger, prennent plaisir à faire de la fumée ou se frottent les uns contre les autres au son de la musique...

Nous avons reconstitué pour vous une réception dans un des salons les plus distingués de l'archipel Sans-Nom... Quelques jours auparavant, nous avions reçu un carton ainsi libellé : « Madame de Saint-Ici-Bas vous prie d'assister à la soirée qu'elle donnera dans ses salons le quinze mai, à dix-huit heures... On toussera. »

L'Amiral salue et disparaît. Le rideau s'ouvre sur un salon luxueux dont l'ameublement toutefois ne présente rien de surprenant, si ce n'est qu'il y a beaucoup de tables et point de sièges, et qu'à droite, près de la porte d'entrée, se dresse une étagère supportant des chapeaux de toutes sortes.

Devant l'étagère, César, valet de chambre, en habit et ganté de blanc, se tient debout et attend.

MADAME DE SAINT-ICI-BAS,
entrant par la gauche.
Elle marche pieds nus.

César ! Tout est-il prêt ?

CÉSAR

Oui, Madame... Je crois, Madame, que voici les invités de Madame.

Madame de Saint-Ici-Bas va s'asseoir sur une table. La porte s'ouvre. Entre l'Amiral Sépulcre, vieillard plein de distinction. César prend sur l'étagère un bicorne à plumes et le lui donne. L'Amiral retire ses escarpins et les donne à César, qui les range sur une étagère.

CÉSAR, *annonçant :*

L'Amiral Sépulcre !

L'AMIRAL, *s'avançant, le bicorne à la main, vers Madame de Saint-Ici-Bas et lui baisant respectueusement le pied droit.*

Madame, je suis charmé.

MADAME DE SAINT-ICI-BAS

Vous êtes le premier, Amiral. Couvrez-vous, je vous prie.

L'AMIRAL, *se couvrant du bicorne avec gravité.*

Madame, puisque j'ai l'honneur d'être seul avec vous, permettez-moi de retirer mes chaussettes, et de vous en faire l'hommage.

Il retire avec difficulté ses chaussettes et les offre à Madame de Saint-Ici-Bas.

MADAME DE SAINT-ICI-BAS, *prenant les chaussettes avec un sourire ravi et les posant sur la table.*

Rien ne pouvait me faire plus de plaisir, Amiral ! Le précieux souvenir figurera en bonne place dans ma collection.

Arrivent Monsieur et Madame Grabuge. Ils retirent leurs chaussures, les donnent à César, qui les range sur l'étagère. Puis César donne une couronne de lauriers en papier à Monsieur Grabuge et un voile à Madame Grabuge.

CÉSAR, *annonçant :*

Monsieur et Madame Grabuge !

MADAME DE SAINT-ICI-BAS,
sautant de la table avec grâce et allant à leur rencontre.

Comme c'est aimable à vous d'être venus ! Couvrez-vous, je vous en prie !

Monsieur et Madame Grabuge se couvrent. Madame Grabuge va s'asseoir sur une table.

MADAME DE SAINT-ICI-BAS,
faisant les présentations.

Monsieur Grabuge, notre poète national... L'Amiral Sépulcre.

L'AMIRAL ET MONSIEUR GRABUGE,
allant l'un vers l'autre et se serrant mutuellement le bout du nez.

Enchanté, Monsieur !... Très honoré, Amiral !

MADAME DE SAINT-ICI-BAS,
conduisant l'Amiral vers Madame Grabuge.

L'Amiral Sépulcre, Madame Grabuge.

L'AMIRAL, *sur le ton d'un compliment, après avoir baisé respectueusement le pied droit de Madame Grabuge.*

J'ai beaucoup entendu parler de vous, Madame, au cours de ma dernière campagne. On sait que votre mari n'a aucun talent et que c'est à vous qu'il le doit.

C'est le privilège d'une jolie femme de régner ainsi sur le cœur d'un époux, au point de le priver de toute valeur personnelle.

MONSIEUR GRABUGE, *niaisement et en inclinant la tête.*

Vous êtes un trop aimable amiral !

MADAME DE SAINT-ICI-BAS

L'Amiral est surtout trop modeste. Il feint d'oublier que lui-même, s'il a réussi à perdre la fameuse bataille du golfe San-Pedro, c'était grâce au charme incomparable de son épouse !

L'AMIRAL, *poussant un soupir.*

Il est vrai ! Ce fut un heureux temps !

La porte s'ouvre à nouveau. Arrivent successivement la Baronne Lamproie, Mademoiselle Cargaison et le jeune Sureau. Même jeu que plus haut. Les invités retirent leurs souliers, César les prend, les range, donne des chapeaux aux messieurs et des voiles aux dames.

Pendant ce temps, Monsieur Grabuge sort de sa poche une plume de poulet et chatouille gravement les narines de sa femme et de l'Amiral, jusqu'à ce que ceux-ci éternuent et disent : « Merci beaucoup. »

CÉSAR, *annonçant :*

La Baronne Lamproie !... Mademoiselle Cargaison !... Monsieur Sureau, le jeune !...

MADAME DE SAINT-ICI-BAS, *disant un mot d'accueil aimable à chacun, en leur faisant un pied de nez.*

Ma bonne amie... Mes chers voisins... Mon cher enfant !... Mes chers amis, veuillez vous couvrir !

Les dames vont s'asseoir sur des tables. Les messieurs leur baisent le pied droit, puis se saluent en se serrant mutuellement le bout du nez. Puis les messieurs se placent debout, les uns à côté des autres. César leur distribue des cannes ; ils s'appuient dessus, tantôt de la main droite, tantôt de la main gauche. Madame de Saint-Ici-Bas s'assied sur une table, au centre.

MADAME DE SAINT-ICI-BAS

Mes chers amis, je vous avais promis que nous tousserions, c'est pourquoi j'ai demandé à Monsieur Grabuge de nous lire un de ses plus mauvais poèmes. Mon cher Grabuge, exécutez-vous *(avec esprit)*, ou plutôt, exécutez-nous !

Tout le monde rit avec distinction.

MONSIEUR GRABUGE,
s'avançant de quelques pas
et sortant un papier de sa poche.

Voici une ode intitulée : *Ode de Mer*, d'inspiration maritime, comme son nom l'indique : je l'ai écrite un jour où j'étais particulièrement mal disposé : je l'ai donc dédiée à ma femme.

Murmure d'approbation ; Madame Grabuge paraît flattée, Mademoiselle Cargaison fait entendre un timide toussotement.

MADAME DE SAINT-ICI-BAS

Notre amie, Mademoiselle Cargaison, est impatiente de tousser ! Bravo, ma chère ! Mais prenez patience, dans quelques instants notre poète national vous en donnera l'occasion !

MONSIEUR GRABUGE,
lisant avec emphase :

ODE DE MER

Tous mes aïeux ont couru sur la mer
Aussi loin que je remonte dans ma famille
Je retrouve la mer toujours la même mer

La mer salée la mer partout la mer à tous
C'est pourquoi la mer est ma mère
La mer est ma grand-mère
La mer est ma grande sœur
La mer est la sœur de mon oncle
et le frère de ma mère et la mère de mon frère
et la grande sœur de mon grand-père
Tous mes aïeux ont couru sur la mer.

MADAME DE SAINT-ICI-BAS

Dieu, que cela est mauvais! *(Elle tousse.)* C'est absolument mauvais. *(Elle tousse.)* Et comme c'est mal écrit, mal composé, ne trouvez-vous pas?

Elle tousse de plus en plus fort.

LES INVITÉS, *renchérissant et toussant à qui mieux mieux.*

C'est affreux! Cela n'a aucun sens, c'est stupide. J'ai rarement entendu un aussi vilain poème! Oh! quelle horreur, quelle merveilleuse déception!

Mademoiselle Cargaison a une quinte de toux si violente que tous s'arrêtent de tousser et se penchent vers elle avec admiration, puis la toux redevient générale. Monsieur Sureau, cependant, donne des signes évidents de malaise; n'y tenant plus, il s'approche discrètement de César, et lui dit, à voix basse, comme s'il avait honte de sa question :

MONSIEUR SUREAU

Dites-moi, mon ami, où se trouve la... salle à manger?

CÉSAR, *même jeu, désignant la porte de gauche, avec un imperceptible accent de dédain, mêlé à de la pitié.*

Au fond du couloir, et à gauche, Monsieur!

MONSIEUR SUREAU, *avec angoisse.*

Y a-t-il tout ce qu'il faut?

CÉSAR, *toujours à voix basse,*
presque méprisant.

Oui, monsieur !

MONSIEUR SUREAU

Merci, mon ami !

Il sort rapidement, mais en s'efforçant de ne pas se faire remarquer. César prend sur l'étagère un récipient de chirurgie en émail, et passe auprès de chaque invité.

CÉSAR, *se penchant cérémonieusement.*

Crachez, je vous prie, crachez, je vous prie, merci ! Crachez, je vous prie, crachez, je vous prie, merci bien !

Les invités crachent avec délicatesse dans le récipient.

MADAME GRABUGE,
se penchant vers sa voisine,
la Baronne Lamproie.

C'est une des réceptions les plus merveilleuses auxquelles il m'ait été donné d'assister. Quel style, quelle élégance en tout !

LA BARONNE

En effet, c'est un des salons où l'on tousse et crache le mieux du monde. *(S'adressant à Madame de Saint-Ici-Bas.)* Chère amie, avez-vous assisté au concert de la Société Harmonique ?

MADAME DE SAINT-ICI-BAS

Certes ! Ce fut une soirée inoubliable, quel succès ! Il a été absolument impossible d'entendre quoi que ce soit, tant le public manifestait son admiration !

L'AMIRAL

On n'avait jamais vu chose pareille, depuis ce fameux récital de piano où le pianiste a dû cesser complètement de jouer. Lorsque, éperdu de reconnaissance et d'émotion, ce virtuose incomparable s'est enfui dans la coulisse, l'enthousiasme a pris les proportions du délire : le public a escaladé la scène en un clin d'œil, et a littéralement pulvérisé le piano; c'était à qui emporterait, en souvenir, une touche d'ivoire, une corde, une pédale. J'ai un ami qui a eu la fierté de rapporter trois touches blanches et deux noires!

MADAME GRABUGE, *avec niaiserie.*

C'est la preuve d'une grande passion pour la musique!

Monsieur Sureau revient en se tapotant la bouche avec son mouchoir et se glisse discrètement auprès de Mademoiselle Cargaison.

MADEMOISELLE CARGAISON, *bas à Monsieur Sureau.*

Etiez-vous souffrant, jeune homme?

MONSIEUR SUREAU, *bas.*

Oh! une petite fringale, simplement!

Mademoiselle Cargaison tousse d'un air gêné.

MADAME DE SAINT-ICI-BAS,
faisant un signe à César.

César, je vous prie, faites passer le plateau!

César passe un plateau couvert de petits sifflets munis de ballons de baudruche dégonflés.

CÉSAR, *à mi-voix,*
se penchant respectueusement.

Une baudruche, Madame la Baronne? Une baudruche, Amiral? Une baudruche, monsieur? Une baudruche, mademoiselle?

Suivant les cas, les uns répondent : « Oui merci, volontiers », ou « Non merci, je ne souffle pas ». Ceux qui ont accepté se mettent aussitôt à souffler dans le sifflet de manière à gonfler la baudruche, avec autant de naturel que lorsque nous allumons une cigarette.

LA BARONNE LAMPROIE

Mais vous nous gâtez, chère amie !

L'AMIRAL

Il y a longtemps que je n'avais pas soufflé avec autant de plaisir !

MADAME GRABUGE

Ces baudruches sont délicieuses ? Où les trouvez-vous ?

MADAME DE SAINT-ICI-BAS

Je les fais venir de la montagne : un petit artisan qui ne travaille que pour nous !

MONSIEUR GRABUGE,
soufflant dans une baudruche qui gonfle à merveille.

Regardez comme celle-ci est belle ! On dirait une baudruche de mariage ou de baptême !

MADAME GRABUGE,
toujours aussi niaise.

C'est une bien grande preuve d'amitié que ces baudruches !

MADAME DE SAINT-ICI-BAS

Vous êtes trop bonne, chère amie ! Hélas, depuis la mort de mon mari, j'ai complètement renoncé à souffler !

LA BARONNE

Pauvre chère amie ! Cela doit vous manquer terriblement ! Comme je vous plains ! Pour moi je ne saurais m'en passer. Je souffle même en voyage !

MONSIEUR GRABUGE,
à Madame de Saint-Ici-Bas.

Permettez-moi au moins de vous plumer !

MADAME DE SAINT-ICI-BAS

Volontiers, cher poète !

MONSIEUR GRABUGE, *sortant de sa poche la même plume qu'au début, s'approche de Madame de Saint-Ici-Bas et lui chatouille les narines, jusqu'à ce qu'elle éternue.*

Voici, cela ne vaut certes pas une bonne baudruche !

MADAME DE SAINT-ICI-BAS

Vous avez une plume d'une délicatesse ! Est-ce avec celle-ci que vous écrivez ?

MONSIEUR GRABUGE

Non, ceci est ma plume de cérémonie !

MADAME DE SAINT-ICI-BAS, *après avoir éternué.*

Merci !... Et maintenant, si nous faisions un peu de gymnastique !

LA BARONNE, *cessant de souffler.*

Voilà une excellente idée ! Oserai-je dire que j'attendais impatiemment cette proposition !

MADAME GRABUGE

C'est une bien grande preuve de santé que la gymnastique !

MADAME DE SAINT-ICI-BAS

Chers amis, veuillez ôter vos coiffures, je vous prie ! Nous commençons à l'instant ! *(Les messieurs retirent leurs chapeaux, les dames retirent leurs voiles, César prend les coiffures et les range sur l'étagère.)* J'espère que notre cher Amiral consentira à diriger les mouvements de notre petite escadre !

L'AMIRAL

Le plus volontiers du monde, chère amie ! César, apportez-moi le gong ! *(César prend sur l'étagère un gong et un maillet et les donne à l'Amiral.)* Mesdames et messieurs, êtes-vous prêts ? Bon ! Alors nous commençons. Une ; deux ; une deux, une deux, pliez les genoux, relevez-vous, le bras droit étendu, le bras gauche, le bras droit, baissez la tête, bien ! Assis ! Debout ! Assis ! Debout ! Assis ! Debout !

Il ponctue ses commandements de coups de gong. On entend dans la coulisse une musique analogue à celle des émissions radiophoniques de culture physique.

MONSIEUR SUREAU, *tout en prenant part à l'exercice commun.*

Que pensez-vous... de la situation politique ?

Les Invités répondent d'une voix entrecoupée, tout en continuant leurs exercices.

LA BARONNE, *essoufflée.*

Je pense... que le gouvernement... va tomber... ce soir... et sera remplacé par un autre... demain !

MADAME GRABUGE

C'est... une bien grande preuve de gouvernement... que de tomber !

LA BARONNE

Avez-vous lu... le dernier livre... de Motus ?

MONSIEUR GRABUGE

Je pense que c'est un livre qui vient... à point.

MADAME DE SAINT-ICI-BAS

Que voulez-vous dire ?

MONSIEUR GRABUGE

Il vient à point... pour nous faire oublier... les précédents !

MADAME GRABUGE

C'est une bien grande preuve... d'amour pour la littérature... que d'oublier ce qu'on a lu !

L'AMIRAL, *très essoufflé lui-même.*

Je crois que la Baronne commence à s'essouffler. Permettez-moi de mettre fin à cette merveilleuse séance qui, hélas ! n'est plus de mon âge !

MADAME GRABUGE

Moi, j'aurais continué ainsi des heures !

MADAME DE SAINT-ICI-BAS

Je serais désolée de vous avoir fatigué, Amiral ! Mais comment concevoir une réception sans gymnastique !

Elle fait un signe à César qui rapporte à chaque invité sa coiffure.

LES INVITÉS

C'était exquis et tellement distingué ! On se serait cru à la Cour ! C'est le plus beau jeu de société que l'on ait inventé.

MONSIEUR GRABUGE,
s'adressant à sa femme.

Ma chère amie, il se fait tard ! Je crois qu'il serait temps de mettre notre amie à la porte !

LES INVITÉS

Oui, oui, il est temps ! Nous ne voulons pas abuser ! Cette réception était si réussie ! A la porte ! A la porte ! A la porte !

MADAME DE SAINT-ICI-BAS,
engageante.

C'est entendu, mais avant que je m'en aille, vous accepterez bien, n'est-ce pas, de donner quelque chose ?

LES INVITÉS, *à qui mieux mieux.*

Mais bien sûr, ma chère amie ! Mais comment donc ! Mais je vous en prie !

MADAME DE SAINT-ICI-BAS,
faisant signe à César.

César, veuillez prendre les souvenirs, je vous prie !

CÉSAR, *apportant un plateau vide et s'inclinant devant chaque invité.*

Pour la pauvre mère de Madame, pour la pauvre mère de Madame, pour la pauvre mère de Madame !

Les Invités déposent sur le plateau, qui une montre en or, qui une bague, qui un collier, un stylo, un mouchoir brodé, un billet de banque...

LA BARONNE,
déposant ses boucles d'oreilles.

Vraiment, comme nous vous remercions, chère amie, de toutes vos charmantes attentions !

L'AMIRAL

Je ne veux pas vous laisser partir, chère amie, sans vous dire combien j'ai été charmé de votre accueil ! Je pense d'ailleurs être l'interprète de tous vos invités, qui se feront un plaisir de dormir ce soir chez vous, pendant que vous serez dehors. Nous souhaitons tous qu'une pluie rafraîchissante vous permette de passer une nuit agréable sur le seuil de votre maison !

MADAME DE SAINT-ICI-BAS,
très touchée.

On ne peut être plus galant ! Merci et à très bientôt !

Elle s'éloigne.

CÉSAR, *prenant sur l'étagère des oreillers et des couvertures et les distribuant.*

Oreillers ! Couvertures !... Oreillers ! Couvertures !... Oreillers !... Couvertures !...

Les Invités se couchent par terre, en bâillant bruyamment.

Rideau.

EUX SEULS LE SAVENT

PERSONNAGES

HECTOR, *trente-cinq ans.*
SIMONE, *trente ans.*
JUSTIN, *vingt-huit ans.*
JANINE, *vingt et un ans.*
LE PRÉSENTATEUR

La scène se passe dans un salon bourgeois. Un canapé, des fauteuils, un secrétaire à tiroirs, couvert de papiers et d'objets divers, etc. Au fond, une fenêtre et une porte.

LE PRÉSENTATEUR, *devant le rideau fermé.*

Un célèbre auteur dramatique du XIXe siècle — que, par respect pour sa mémoire, nous tenons à ne pas nommer — a laissé dans ses œuvres posthumes la comédie qui va être jouée devant vous.

Ce grand écrivain avait coutume de dire que, bien souvent, les spectateurs sont conviés à suivre une action théâtrale dont ils ne parviennent pas à comprendre les vrais mobiles.

Est-ce par suite d'une infirmité propre à l'art dramatique ?

Est-ce parce que la vie des autres, à la scène comme dans la réalité, ne nous livre guère son secret ?

Est-ce parce que les personnages — surtout dans les drames dits « réalistes » — croient nécessaire de s'occuper uniquement de leurs propres affaires, et pas du tout de celles des spectateurs, attitude qui dénote un manque de courtoisie regrettable ?

Serait-ce enfin parce que les auteurs, abusant de leur situation privilégiée, tiennent à nous laisser sur une pénible impression de mystère ?...

Ce sont là autant de questions que, sans doute, vous ne manquerez pas de vous poser en écoutant *Eux seuls le savent* et en essayant de comprendre ce qui se passe.

Le Présentateur disparaît. Le rideau s'ouvre.

Hector et Simone sont debout au milieu de la scène, en proie à une vive discussion. Hector va et vient nerveusement. Simone le suit des yeux avec un regard mauvais.

Les rideaux de la fenêtre sont à demi tirés. La pièce est dans la pénombre.

HECTOR

On ne m'y reprendra pas de si tôt, je t'en réponds !

SIMONE

C'est bien vite dit !

HECTOR

C'est encore plus vite fait !

SIMONE

Je t'en défie !

HECTOR

C'est ce que nous verrons !

SIMONE, *haussant les épaules.*

A ta place, j'y renoncerais tout de suite !

HECTOR, *bondissant.*

Y renoncer, moi ! Après tout ce qui s'est passé ! Jamais, entends-tu, jamais !... Et c'est toi qui me donnes ce... conseil !... Ah merci, merci vraiment !

SIMONE

Je te préviens une dernière fois : tu fais fausse route. Et il t'en cuira, oui il t'en cuira, je t'assure !

HECTOR

Et moi je t'assure que l'affaire n'en restera pas là ! Ce serait trop simple !... Trop simple, vraiment !... Non, mais, c'est insensé ! On croirait, à t'entendre, que tu y es pour quelque chose !... Eh bien non, veux-tu que je te dise : tu n'y es pour rien, rien du tout ! Tu n'as donc qu'un parti à prendre : te taire et me laisser agir !

SIMONE

Non, je ne me tairai pas ! Je sais que j'ai raison et je veux que tu te rendes à l'évidence. Ne compte pas...

HECTOR, *furieux.*

Te tairas-tu, à la fin !

SIMONE, *continuant.*

Ne compte pas me réduire au silence. J'ai mon rôle à jouer ici, autant que toi-même.

HECTOR

C'est faux ! Je sais ce que j'ai à faire.

SIMONE

Non, tu ne sais rien ! Tandis que moi j'ai le devoir, entends-tu : le devoir de te renseigner. Je veux que *rien* ne reste dans l'ombre !

HECTOR

Je sais ce que je sais.

SIMONE, *haussant les épaules.*

Toujours ce mot-là à la bouche ! Et en définitive, pauvre malheureux, qu'est-ce que tu comptes faire, au point où nous en sommes ? Je te répète que tu ne sais rien, absolument rien !

HECTOR

Voilà ce qui te trompe : quand je dis que je sais ce que je sais, c'est que je sais *vraiment* ce que je sais !... Ce n'est pas comme toi, bien sûr ! Toi, on dirait toujours...

SIMONE, *d'une voix sifflante.*

Achève, achève donc, je t'en prie !

HECTOR

Non, je ne le dirai pas, c'est trop bête !

SIMONE, *ironique.*

Ce n'est pas moi qui l'ai dit !

HECTOR, *soudain furieux*
et prenant une détermination.

Ah, et puis en voilà assez ! Avec toi rien n'est possible !

SIMONE

En effet, rien n'est possible, de ce qui est impossible ! Cela au moins, j'en ai la certitude, ne t'en déplaise. *(Hector se dirige vers la porte.)* Tu ne vas pas « la-bas », j'espère ?

HECTOR,
la main sur la poignée de la porte.

Je n'ai pas de comptes à te rendre.

SIMONE, *l'empêchant de sortir.*

Justement si ! J'exige une explication. Et tout de suite !... Où vas-tu ?

HECTOR

Où il me plaît d'aller !

Il l'écarte d'un geste brusque.

SIMONE

Il me brutalise à présent !... Goujat ! Vaurien ! Bourreau ! *(Hector sort sans un mot et fait claquer la porte derrière lui. Simone restée seule, après avoir arpenté la pièce avec précipitation, se calme peu à peu.)* Allons ! Du calme, du calme ! A quoi bon s'énerver !... Réfléchissons !... De deux choses l'une : ou il choisit la première solution... ou il choisit la seconde. Dans le premier cas, il y a des inconvénients graves... Dans le second aussi... Bien entendu, à inconvénients égaux, avantages égaux... Cependant... je ne sais quoi me dit que... mais c'est peut-être une pure illusion !... S'il allait... Mais non, non, ce n'est pas possible. *(On sonne. Simone va ouvrir. Entre Justin. Simone, tout à coup très aimable.)* Ah ! Justin ! Vous tombez bien. Je vous attendais !

JUSTIN, *étonné mais souriant.*

Pourtant, je ne comptais pas venir.

SIMONE

Je veux dire que... j'espérais un peu votre visite... *(Avec affection.)* Asseyez-vous là, près de moi... Conseillez-moi : je suis dans une perplexité affreuse !

Elle s'assied sur le canapé.

JUSTIN, *après s'être assis à côté d'elle.*

Alors... comment cela s'est-il passé ?

SIMONE

Ni bien ni mal. Mais plutôt... mal ! Et puis, il n'est plus ici.

JUSTIN

Ah ! Il y est donc allé ? Je m'en doutais !... Au fond, il n'avait que ce parti à prendre.

SIMONE

Oui, mais rien ne me permet d'affirmer qu'il ne reviendra pas.

JUSTIN

Revenir, c'est aussi un parti... *(Après une hésitation, presque à voix basse.)* Et... « là-bas » ?

SIMONE, *haussant les épaules.*

Là-bas ? Je n'entends plus parler de rien. Ils vont et viennent, de l'un à l'autre, prennent de grandes résolutions, puis hésitent au dernier moment... Finalement, rien n'est terminé... A vrai dire, je crois qu'ils ne comptent pas faire grand-chose...

JUSTIN

Toujours les mêmes ! Je leur avais pourtant bien recommandé de prendre garde ! Ils n'en ont tenu aucun compte.

SIMONE

Mon pauvre ami ! Vous aviez des illusions ! Moi, avec ces gens-là, je commence à savoir à quoi m'en tenir... Tenez, si vous me jurez le secret, je vais vous montrer quelque chose qui va vous édifier... Mais vous me promettez de n'en parler à personne ?

JUSTIN

Bien sûr !

SIMONE

Promis, promis ?

JUSTIN

Voyons, chère Simone ! Mais je n'en parlerai à personne, absolument personne ! Comment pouvez-vous douter de ma discrétion ?

SIMONE

C'est vrai ! Pardonnez-moi ! Ah, vous m'êtes d'un grand secours ! Avec vous, on peut parler clairement, au grand jour ! *(Elle se lève, va chercher une lettre dans un des tiroirs du secrétaire et revient s'asseoir auprès de Justin. Tendant la lettre à Justin.)* Tenez, lisez !

Justin lit la lettre en silence et paraît atterré.

SIMONE, *cherchant à lire sur son visage.*

Hein ? Qu'est-ce que vous en dites ! N'est-ce pas que c'est incroyable ?

JUSTIN

Oh !... C'est insensé !... comment peut-on en arriver là !... On n'en croit pas ses yeux !

SIMONE

Vous comprenez maintenant pourquoi j'exigeais le secret !... Une chose pareille ne doit être connue de personne.

JUSTIN

Certainement ! De personne ! C'est déjà trop que vous et moi soyons au courant.

SIMONE

Vous, moi... et celui qui a écrit la lettre !

JUSTIN, *avec colère.*

Ah, celui-là ! Si je le tenais !... D'ailleurs, il n'y a pas que lui ! Il y a les deux autres... *(Avec accablement.)* Et puis il y a... qui vous savez !

SIMONE, *poussant un soupir.*

Je ne le sais que trop !... *(Dans un élan.)* Justin, mon cher Justin, où donc tout cela nous mènera-t-il ?

JUSTIN, *se rapprochant.*

Voyons, Simone ! Vous savez bien : tant que je serai là, auprès de vous, je ne vous abandonnerai pas ! *(Il lui prend la main. Elle se laisse faire, émue. Justin, continuant.)* Tant qu'il y aura une lueur... une lueur d'espoir, je combattrai loyalement, pour que tout redevienne comme par le passé.

SIMONE, *tristement.*

Mon pauvre Justin ! Le passé, c'est le passé !

Elle fond en larmes.

JUSTIN, *sentencieux.*

Il peut être aussi l'avenir !... *(La consolant.)* Là, là, ma pauvre amie ! Ne vous mettez pas dans des états pareils ! A quoi bon !... Puisque je vous dis que je suis là !

Il lui caresse doucement la main.

SIMONE, *essuyant ses larmes.*

C'est vrai !... Il faut me le dire pour que je le croie.

JUSTIN

Mais oui, je suis là, vous le voyez bien !

SIMONE

C'est si bon de le savoir !

JUSTIN, *cessant de tenir la main de Simone.*

Et maintenant, Simone, maintenant que vous savez que je suis là... il faut que je m'en aille.

SIMONE

Déjà ? Mais nous n'avons pas tout dit !

JUSTIN

Sans doute ! Mais, rien qu'à vous voir, j'en sais plus long que vous ne le croyez.

SIMONE

Peut-être...

JUSTIN, *gravement.*

Oui. En tout cas, vous savez ce qui m'amenait. Vous savez ce qui me retient, mais vous savez aussi ce qui m'oblige à partir.

SIMONE

C'est vrai... J'oubliais... Mais vous serez fort, vous me le promettez ?

JUSTIN

Je serai fort... pour vous.

SIMONE

Il faut l'être aussi pour les autres... Pour elle, surtout !... Mais il ne faut pas être imprudent !

JUSTIN

Je ne serai pas imprudent. Je vous le promets. Je serai fort, mais prudent.

SIMONE

Alors, je suis rassurée. Je peux vous laisser partir.

Ils se lèvent tous les deux. Elle l'accompagne lentement jusqu'à la porte.

JUSTIN, *solennel.*

Simone, je ne veux pas m'en aller sans...

Il désigne discrètement de la main une partie quelconque de l'appartement.

SIMONE, *de même.*

Je vous le permets. Allez ! Vous connaissez le chemin.

JUSTIN

Merci.

Il lui baise la main longuement et sort.

Simone va s'asseoir sur le canapé et reste un instant rêveuse.

Au bout d'un moment, la porte s'ouvre. Entre Janine, très pâle, en robe de chambre. Elle marche péniblement. Simone, en la voyant, a un sursaut.

SIMONE

Tu t'es levée ? C'est de la folie !

JANINE, *d'une voix blanche.*

Pourquoi as-tu fait cela ?

SIMONE

Réponds-moi d'abord ! Pourquoi t'es-tu levée ? Tu sais bien que le médecin...

JANINE, *avec un calme terrible.*

Pourquoi as-tu fait cela ?

SIMONE

Mais... parce qu'il le fallait !

JANINE

Tu ne sais donc pas que tu pouvais me tuer ?

SIMONE

Je n'ai pensé qu'à ta santé.

JANINE

La belle réponse !... Il n'y a pas que le corps !

SIMONE

Il y a le corps d'abord : le reste vient ensuite.

JANINE, *avec ironie.*

Voyez-moi cette idéaliste !

SIMONE

Et puis... j'ai cru te faire plaisir !

JANINE,
se laissant tomber sur une chaise.

Je te répète que tu pouvais me tuer !... C'est donc bien toi qui me l'as envoyé ?

SIMONE

Il *fallait* qu'il te voie !

JANINE

Allons donc ! Tu n'as pensé qu'à lui ! Avoue-le, mais avoue-le donc ! Hein, maintenant, il peut partir tranquille ! Mais moi, moi je reste avec ce souvenir !

SIMONE

Si c'est un souvenir, rien n'est changé : tu l'avais avant de le revoir.

JANINE, *durement.*

Ne joue pas sur les mots ! Nous sommes seules. Nous pouvons parler sans détour, clairement, face à face !... Enfin, enfin, je vais donc savoir !... J'en mourrai peut-être, mais le mystère sera éclairci.

SIMONE

Tu ne sauras rien.

JANINE

Je te dis que j'en mourrai peut-être, mais qu'au moins, avant de mourir, je t'aurai arraché ton secret !... Ah, on étouffe ici !... Des mots, toujours des mots, et jamais la vérité ! La vérité, tu entends, Simone, je veux toute la vérité !

SIMONE

Il n'y a pas de secret et la vérité n'est pas pour toi, ni pour moi ! Je ne sais rien, je te l'ai déjà dit !... Pauvre folle ! Comment pourrais-je t'aider à comprendre, puisque je n'y comprends rien moi-même !

JANINE, *se relevant avec effort.*

Eh bien ! s'il en est ainsi, je sais ce qu'il me reste à faire !

Elle se dirige péniblement vers la porte.

SIMONE, *se levant d'un bond.*

Cela non, tu ne le feras pas !

JANINE, *avec le calme du désespoir.*

Sais-tu seulement ce que je veux faire !... Moi aussi, j'ai mon secret !

SIMONE

Je ne sais rien, mais je devine. Et cela, non, entends-tu, non ! Tant que je vivrai, je m'y opposerai !

Les deux femmes se dévisagent un moment, hostiles.

JANINE

C'est bien ! Alors, il me reste encore une autre solution !

Rassemblant toute son énergie, elle se précipite sur le secrétaire et, avant que Simone ait pu l'en empêcher, en retire un revolver.

JANINE, *sans viser personne, mais tenant l'arme prête.*

Si rien, ni la persuasion, ni l'affection, n'a pu t'arracher ton secret, au moins sache bien que l'une de nous deux aura disparu avant que l'autre ait quitté cette pièce !

SIMONE, *se jetant sur Janine et essayant de prendre le revolver.*

Tu es folle ! Lâche cette arme ! Tout de suite !

La sonnerie du téléphone retentit. Elles se regardent un moment, interdites.

JANINE

Ça ne peut être que Lui !

SIMONE, *avec un rire nerveux.*

Ou Elle !

Elle va vers le téléphone, décroche et écoute, l'air angoissé.

SIMONE

Oui... allô... Oui, c'est moi ! *(bas à Janine)* c'est bien lui !... Allô, que me veux-tu ?... Comment ?... Hein ?.. *(Son visage exprime soudain un étonnement joyeux.)* ...

Est-ce que j'entends bien ?... Tu dis que... tout s'est arrangé ?... *(Bas à Janine.)* Range ce revolver, vite !... *(Janine obéit et va replacer le revolver dans le tiroir du secrétaire.)*... Mais c'est incroyable !... Allô... oui... Non !... C'est à cause du camionneur ?... Pas possible !... *(Posant l'appareil. Bas, à Janine :)* C'est à cause du camionneur !... *(Reprenant l'appareil.)* Mais alors, viens vite !... Oui, nous t'attendons ! Oui... Janine est ici, à côté de moi... Comment ?... Oui, elle s'ennuyait. Je lui ai permis de se lever un moment !... Non, l'enfant va très bien. Viens vite !

Elle raccroche, se lève et va embrasser Janine.

SIMONE

Ma pauvre Janine ! Tout est arrangé ! Ils viennent tous les deux !

JANINE, *presque pleurant de joie et se laissant tomber sur le canapé.*

Mais alors !... Pourquoi avons-nous ?...

SIMONE

Tais-toi, tais-toi ! Tout cela ne sera bientôt plus qu'un mauvais souvenir... Tiens, pour ne pas les impressionner, mets-toi un peu de rouge, tu es si pâle, ma pauvre petite ! *(Elle lui tend son sac.)* Dépêche-toi, ils arrivent !

Janine se met en hâte du rouge aux joues et sur les lèvres, pendant que Simone va et vient avec agitation, range divers objets, va à la fenêtre, ouvre les rideaux. La lumière du grand jour envahit la pièce.

On sonne. Simone va ouvrir. Entrent l'un après l'autre Hector et Justin. Ils ont l'air joyeux. Justin tient un bouquet de fleurs, Hector un paquet.

HECTOR, *se précipitant avec effusion dans les bras de Simone.*

Chère Simone, mon petit!... Qui aurait dit que les choses prendraient cette tournure!... *(Il lui tend le paquet.)* Tiens! Regarde! Je te l'ai rapporté!

SIMONE, *au comble de la joie.*

Comment l'as-tu retrouvé?

HECTOR

Je te raconterai plus tard!

JUSTIN, *offrant le bouquet à Janine.*

Pour vous, Janine!... *(Avec tendresse.)*... Cela ne vous rappelle rien?

JANINE, *prenant le bouquet, émue.*

Bien sûr que si!

JUSTIN, *entraînant Janine vers la droite.*

C'est notre secret!... Venez, Janine! Ils ne peuvent pas comprendre!

HECTOR, *entraînant Simone vers la gauche.*

Viens! Il ne faut pas leur dire!... Ils comprendront peut-être un jour!

Rideau.

LA MORT ET LE MÉDECIN

OU

LE STYLE ENFANTIN

PERSONNAGES

LE PRÉSENTATEUR.

MONSIEUR.

MADAME.

LA DAME DU MÉTRO.

LE DOCTEUR.

LE CONTRÔLEUR.

LE PRÉSENTATEUR

L'auteur de la petite comédie que voici est supposé être un enfant. Un petit garçon de huit ou neuf ans, futé et inventif.

Sa pièce, il l'a écrite à son idée. Avec toutes les naïvetés de son âge. Mais, comme il est despotique avec ses parents, il leur a demandé de la jouer, devant lui, avec quelques-uns de leurs amis.

Ainsi, l'auteur-enfant, accompagné de quelques jeunes invités, assistera au spectacle, né de son imagination elliptique ! Il verra les grandes personnes incarner ses élucubrations et échanger ses répliques puériles avec le plus parfait naturel, comme s'il s'agissait de l'œuvre d'un adulte.

Que vaut-il mieux pour des acteurs : jouer de façon enfantine un texte sérieux ou bien interpréter avec sérieux un texte naïf ?

A vous de juger.

La pièce est jouée dans une quelconque salle à manger.

Au théâtre ou à la télévision, les décors successifs peuvent être indiqués par des pancartes, rédigées avec une écriture enfantine, que l'on présente au début de chaque scène.

A la radio, une voix annonce les lieux de l'action : « A la maison, le matin », « Au métro », etc.

I. *A la maison, le matin*

MADAME

Où vas-tu ?

MONSIEUR

Au bureau.

MADAME

Encore ! Tu y es déjà allé hier !

MONSIEUR

Non, hier je n'ai pas eu le temps : j'étais occupé à être malade.

MADAME

Comment te sens-tu aujourd'hui ?

MONSIEUR

Comme tu voudras.

MADAME

Je veux que tu sois malade.

MONSIEUR

Bien entendu, je serai malade ce soir ! Mais maintenant, il faut que je sorte.

MADAME

Prends garde aux rues barrées.

MONSIEUR

Elles ne sont pas bien barrées, il suffit de faire le tour.

MADAME

Tu n'emportes pas ton chien ?

MONSIEUR

Je l'ai dans ma poche.

MADAME

Et les enfants ?

MONSIEUR

Ils sont au garage, pour la réparation. Allons, au revoir *(regardant sa montre)*. Je suis en retard.

MADAME

Tiens voilà une autre montre *(elle lui donne un bout de papier)*.

MONSIEUR, *le regardant.*

Parfait, elle est en avance. Je l'emporte. Adieu, à ce soir.

MADAME

A ce soir.

II. *Au métro*

MONSIEUR, *devant le guichet.*

Madame, je voudrais un ticket.

LA DAME

Monsieur, malheureusement, je n'ai plus que de vieux tickets.

MONSIEUR

Ça ne fait rien. Donnez-m'en un. C'est combien ?

LA DAME

Mille francs.

MONSIEUR

Ça n'est pas cher. Voilà mille francs.

LA DAME

Merci. Mais je ne sais pas quand le métro partira.

MONSIEUR

Ah ! Il est arrêté ?

LA DAME

Oui.

MONSIEUR

Pourquoi ?

LA DAME

A cause de la pluie.

MONSIEUR

Mais il fait pourtant un beau soleil !

LA DAME

Ça ne fait rien. C'est le soleil des jours de pluie

MONSIEUR

Ah, je comprends. Alors je vais attendre. On va faire la conversation tous les deux.

LA DAME, *battant des mains.*

Oh ! C'est ça. Vous aimez parler cuisine ?

MONSIEUR

Oh, beaucoup, j'ai tout le temps faim.

LA DAME

Moi aussi. Qu'est-ce que vous pensez de la crème au vinaigre ?

MONSIEUR

Très bon, très bon, j'en mange à chaque repas, avec de la queue de rat.

Le chef de train passe, sonne dans une trompette d'enfant et crie : « Aujourd'hui jour sans métro, aujourd'hui jour sans métro. »

LA DAME

Ah ! c'est vrai, j'oubliais. Il n'y a pas de métro aujourd'hui.

MONSIEUR, *contrarié.*

C'est ennuyeux, comment est-ce que je vais faire pour aller à mon bureau ?

LA DAME

Prenez le métro Semblant.

MONSIEUR

Il passe souvent ?

LA DAME

Toutes les cinq minutes. Tenez en voilà un !

MONSIEUR

Bon, je le prends. Alors à ce soir ?

LA DAME

A ce soir. Quelle est votre adresse ?

MONSIEUR

Je n'en ai pas. Ça ne fait rien. Venez quand même. C'est à gauche.

LA DAME

Entendu. Au revoir, monsieur !

MONSIEUR

Au revoir, madame !

Ils s'embrassent.

III. *A la maison. Le soir*

Monsieur est assis dans un fauteuil à roulettes, couvert de couvertures, les pieds sur une chaise, l'air très malade. Madame lui tend un verre.

MADAME

Mon pauvre mari ! Je te l'avais bien dit ce matin que tu serais malade. Tiens prends ce remède.

MONSIEUR

Il est très bon ton remède. C'est toi qui l'as fait ?

MADAME

Oui, avec du vin, un peu de beurre, de la salade cuite, et aussi du sable, naturellement.

MONSIEUR

C'est tout à fait ce qu'il me fallait.

MADAME

Maintenant, dors ! Je m'en vais cinq minutes.

Monsieur fait semblant de ronfler, puis rejette ses couvertures, se lève, va à sa table et fait semblant d'écrire.

MADAME, *revenant.*

Je te croyais malade ?

MONSIEUR

Oui, oui. Je serai malade quand le Docteur arrivera.

MADAME

Alors qu'est-ce que tu fais ?

MONSIEUR

J'écris des vers.

MADAME

Encore ?

MONSIEUR

Mais ce ne sont pas de vrais vers.

MADAME

Ah, bon ! Alors viens plutôt jouer avec moi !

MONSIEUR

A quoi ?

MADAME

A faire la cuisine. Tu sais bien que tu as invité la Dame du Métro !

MONSIEUR

C'est vrai. Bon. Qu'est-ce qu'on va manger ?

MADAME, *elle réfléchit.*

Eh bien, une soupe, pour commencer...

MONSIEUR

Oui, une soupe. Tiens voilà des carottes... des poireaux... des pommes de terre... *(il lui tend successivement un crayon, une paire de lunettes et un mouchoir).*

MADAME

Bien, on va les faire cuire. *(Elle pose le tout sur une chaise, fait semblant d'allumer le feu.)* Ça y est. Ils sont cuits.

MONSIEUR

Oui. Mais il faut aussi de la viande.

MADAME

J'ai des tickets.

MONSIEUR

Tant mieux. Tu vas voir. Il n'y a qu'à les poser sur le feu... Et voilà trois biftecks. *(Elle pose les bouts de papier sur une table.).*

On sonne.

MADAME

Tiens, le Docteur ! Recouche-toi vite !

MONSIEUR

C'est vrai, je suis si malade !

Il s'assied et se recouvre d'une couverture.

MADAME, *à la cantonade.*

Bonjour, docteur.

LE DOCTEUR, *entrant.*

Bonjour, madame. Permettez-moi de vous embrasser.

MADAME

Attention à mon indéfrisable !

LE DOCTEUR

N'ayez pas peur, je m'y connais.

Ils arrivent près du malade la main dans la main.

LE DOCTEUR

Alors, monsieur, qu'est-ce qu'il y a ?

MONSIEUR

Je suis malade, docteur. J'ai pris froid au bureau.

LE DOCTEUR

Ah ! ah ! c'est très dangereux, le bureau. Voyons, voyons, vous avez de la température ?

MADAME

Oh ! oui, docteur, il a de la fièvre, depuis tout à l'heure.

LE DOCTEUR

Faites voir votre main... Tiens elle est bien sale. Vous vous lavez souvent ?

MONSIEUR

Pas souvent, docteur. Il n'y a plus de savon.

LE DOCTEUR

C'est juste. C'est juste. Et votre langue ?

Monsieur tire la langue.

LE DOCTEUR

Un peu noire, je parie que vous avez mangé de la réglisse ?

MONSIEUR

Oui, docteur, j'achète de la réglisse au bureau.

LE DOCTEUR

Ah ! ah ! décidément très dangereux, très dangereux ce bureau ! Comment vont vos pieds ?

MONSIEUR, *montrant ses pieds sous la couverture.*

Ils vont bien. Merci.

LE DOCTEUR

Tiens ! Ils sont aussi sales que vos mains !

MONSIEUR

C'est à cause des chaussures.

LE DOCTEUR

Oui, mais c'est mauvais. Ça doit être la rougeole. Vous souffrez d'un symptôme !

MADAME

Qu'est-ce que c'est que ça, un symptôme ?

LE DOCTEUR

C'est une grave maladie, une maladie grave. On en meurt.

MADAME

Mon Dieu, docteur ! Est-ce possible ?

On sonne.

MADAME

Tiens ! Qui est-ce qui peut sonner à cette heure-ci ? *(A la cantonade :)* Entrez quand même !

LA DAME DU MÉTRO, *entrant.*

Bonjour tout le monde ! Je ne vous dérange pas ?

MONSIEUR

Du tout. *(A sa femme :)* C'est la Dame du Métro qui vient dîner avec nous.

MADAME

Asseyez-vous donc. Le Docteur achève mon mari. Je suis à vous dans un instant.

LA DAME DU MÉTRO, *ricanant.*

Ne vous pressez pas. J'attendrai. *(Elle s'assied.)*

LE DOCTEUR

Bon ! Alors je vais vous faire une ordonnance. Avez-vous du papier ?

MADAME, *apportant une plume et du papier.*

Tenez, docteur.

LE DOCTEUR, *s'installant à la table et écrivant.*

Voici le régime : « Un bouillon de légumes toutes les deux heures, une promenade en chevaux de bois le matin à jeun, trois fois par jour un cataplasme composé de charbon, de plâtre et de fromage de gruyère.

Éviter le bureau. Rester allongé ou debout, selon les cas. Se laver les mains et les pieds avant chaque repas. » Voilà, c'est tout.

MONSIEUR

Merci, docteur. Je vous dois combien ?

LE DOCTEUR

Cent mille francs !

MONSIEUR

Bien ! Les voici. *(Il lui donne un bout de papier.)*

LE DOCTEUR

Merci et au revoir. Je reviens dans une heure voir si ça va mieux.

MADAME

Je vous accompagne, docteur.

Ils sortent.

MONSIEUR, *rejetant ses couvertures.*

Chère Dame du Métro ! Je vous ai fait venir parce que je vous aime.

LA DAME DU MÉTRO

Moi aussi ! Dépêchons-nous. Faites-moi un enfant !

MONSIEUR, *s'approchant d'elle et l'embrassant sur la joue.*

Tout de suite. Voilà ! C'est un garçon.

LA DAME DU MÉTRO

Merci. Ça fera des allocations familiales. On va être riches.

MONSIEUR

Et moi je me sens rudement mieux !

MADAME, *revenant.*

Tiens ! Tu n'es plus malade ?

LA DAME DU MÉTRO

Non, il n'est plus malade pour le moment. C'est bien embêtant.

MADAME

Pourquoi ?

LA DAME DU MÉTRO

Parce que je suis la Mort ! Il va falloir que je revienne !

MADAME, *furieuse.*

Comment ? Vous êtes la Mort et vous ne le disiez pas ? Voulez-vous ficher le camp tout de suite !

LA DAME DU MÉTRO

Je m'en vais, mais je reviendrai tout à l'heure. Et nous verrons. *(Elle part en ricanant :)* Ha ! ha ! ha ! ha !

MONSIEUR

Je suis fatigué. Je me recouche.

MADAME

Non, tu n'es pas fatigué.

MONSIEUR

Si !

MADAME

Non !

MONSIEUR

Si !

MADAME

Non !

MONSIEUR

Si !

MADAME

Alors, viens au cinéma avec moi !

MONSIEUR

Bonne idée. Où ça ?

MADAME

Ah ! ah ! tu vois bien que tu n'es pas fatigué !

MONSIEUR

Je ne suis pas fatigué pour aller au cinéma, mais je suis fatigué pour rester ici.

On sonne.

MADAME

Je parie que c'est le docteur. Attends ! J'ai une idée. Recouche-toi !

MONSIEUR

Je te le disais bien. *(Il s'assied dans le fauteuil et tire la couverture sur lui.)*

MADAME

Entrez !

LE DOCTEUR, *entrant.*

Ah ! comment va mon malade ?

MONSIEUR

Très mal, docteur ! J'ai les pieds de plus en plus sales !

LE DOCTEUR

Mauvais, ça, très très grave !

MADAME

Je crois qu'il va mourir.

LE DOCTEUR

Ça se pourrait bien.

MADAME

Docteur, mon pauvre mari veut vous demander quelque chose avant de mourir.

LE DOCTEUR

Volontiers, quoi donc ?

MADAME

Il voudrait jouer au médecin.

LE DOCTEUR

Rien de plus facile. Je lui apprendrai.

MADAME

Bon ! Alors, lève-toi, mon mari.

MONSIEUR, *geignant.*

Eh là là, mon Dieu. Comme je suis fatigué.

MADAME

Fais un effort. *(Monsieur se lève.)* Bien. Maintenant, docteur, couchez-vous à sa place, pour lui donner sa leçon de médecin !

LE DOCTEUR, *obéissant.*

C'est tordant ! Moi qui ne suis jamais malade ! *(A Monsieur :)* Allons ! Prenez-moi la main.

MONSIEUR, *lui prenant la main.*

Qu'est-ce que je dois faire ?

LE DOCTEUR

Dites : un, deux, trois, quatre, cinq !

MONSIEUR

Un deux trois quatre cinq six sept huit neuf dix !

LE DOCTEUR

Bon ! Vous savez compter. Vous ferez un bon médecin. Maintenant, regardez ma langue ! *(Il tire la langue.)*

MONSIEUR, *regardant de près.*

Oh, je vois une petite bête sur le bout de votre langue.

Le docteur acquiesce en grommelant.

MONSIEUR

Je vais faire l'opération. *(A sa femme :)* Mademoiselle, donnez-moi une pince à sucre.

A ce moment on sonne trois fois, longuement et lugubrement.

MADAME

C'est la Dame du Métro. *(A la cantonade :)* Entrez, on vous attendait !

LA DAME DU MÉTRO, *entrant, une couronne de fleurs à la main.*

Je savais bien qu'il n'en avait plus pour très longtemps. Je viens le chercher pour l'emmener au cimetière, puisque je suis la Mort.

MADAME

Je vous en prie ! Je serai bien débarrassée ! C'était un vilain mari, il faisait des enfants à toutes les dames.

LA DAME DU MÉTRO

Je le sais bien, il m'en a fait un tout à l'heure ! Allons ! Au cimetière !

Elle écarte Monsieur, pose les fleurs sur les genoux du Docteur.

LE DOCTEUR, *furieux.*

Mais je ne suis pas le malade, je suis le médecin !

LA DAME DU MÉTRO

Ça ne fait rien ! Vous êtes mort, on va vous enterrer. Pourvu que j'emporte quelqu'un, moi, ça m'est égal. Allons, venez ! Au revoir !

Elle disparaît dans la coulisse en poussant devant elle le fauteuil avec le docteur qui se débat.

MONSIEUR, *à sa femme.*

Tant pis pour le Docteur, bon débarras ! Et toi qui voulais que je sois médecin ! Tu vois comme c'est dangereux !

MADAME, *furieuse.*

Comment ! Tu es sauvé grâce à moi et c'est comme ça que tu me remercies ! A nous deux, mon petit bonhomme ! Tu vas descendre la boîte à ordures, tu vas faire la vaisselle, tu feras le dîner, je mangerai le poulet et toi tu seras privé de dessert !

UNE CONSULTATION

OU

LES RÔLES INVERSÉS

PERSONNAGES

LE PRÉSENTATEUR.

LE DOCTEUR.

LE MALADE.

(Nota : Le Docteur et le Malade sont, tous deux, d'âge moyen et d'aspect excessivement nerveux. Ils sont en proie à des tics. Souvent même ils sont au bord de l'exaspération.)

LE PRÉSENTATEUR

Du médecin et de son client, qui est le plus malade ? C'est là une vieille question. Et une vieille plaisanterie ! Surtout en matière de psychologie et de psychiatrie.

On peut imaginer tout ce qu'on veut : par exemple, que le psychiatre est devenu un peu fou à force de fréquenter ses malades. Ou bien, au contraire, que, s'il a choisi cette branche de la médecine, c'est qu'il avait des problèmes avec son propre esprit et qu'il était plus curieux, plus impatient qu'un autre de connaître les causes des maladies mentales.

Peu importe : la farce qui suit joue sur ce rapport — ou cette parenté secrète — entre le docteur et son client, qu'il voit cependant pour la première fois.

La scène représente le cabinet de consultation du médecin. Au lever du rideau, celui-ci, à sa table de travail, rédige et range nerveusement des fiches de malades.

Bruit d'une sonnerie de porte d'entrée. Bourdonnement de voix dans le couloir. La bonne a ouvert la porte, a demandé au visiteur de lui rappeler son nom. Puis on frappe à la porte du cabinet.

LE DOCTEUR, *se levant.*

Entrez !

LE MALADE, *entrant.*

Bonjour, docteur !

LE DOCTEUR

Je vous attendais. Bonjour, monsieur ! *(Bruit de porte qui se referme.)* Asseyez-vous, je vous en prie !... Là, sur ce fauteuil.

LE MALADE

Un fauteuil, dites-vous, docteur ? Un fauteuil ? Oui ! *(Un soupir, puis pensivement :)* Mais qu'est-ce qu'un fauteuil ?

LE DOCTEUR,
avec une bonne humeur rassurante.

Un fauteuil est un fauteuil.

LE MALADE

Sait-on jamais ? Qu'est-ce qu'un fauteuil peut cacher ?... Ah ! le doute, docteur, le doute !

LE DOCTEUR

Un peu déprimé, je pense ? Anémie ? Surmenage ? Décalcification ? Nous allons voir tout cela ! Veuillez vous défaire !

LE MALADE, *brusquement.*

Une minute, je vous prie, docteur ! Je voudrais d'abord vous poser quelques questions.

LE DOCTEUR, *étonné.*

Des questions ?... A moi ?... Comment ?... Mais vous renversez les rôles, monsieur !

LE MALADE

Pas du tout ! Pas du tout ! Mais pas du tout, du tout, du tout ! N'êtes-vous pas médecin ? Oui. Bon. Eh bien ! *Mes* questions vous renseigneront sur *mes* problèmes. C'est logique !... Et d'abord, docteur, voyons, sincèrement, entre nous : qu'est-ce que la maladie ?

LE DOCTEUR

Mais, cher monsieur ! Il me faudrait toute une vie pour répondre à une telle question !

LE MALADE, *triomphant.*

Ah ! ha ! toute une vie ! Toute une vie, dites-vous ! *(Dangereusement insinuant :)* Laquelle ? La mienne peut-être, hein ?

LE DOCTEUR

Voyons, monsieur ! cessons ce jeu, je vous en prie ! Et parlons sérieusement !

LE MALADE

Je suis on ne peut plus sérieux. Voyez-vous, docteur, si vous ne pouvez me dire ni ce que c'est qu'un fauteuil, ni ce que c'est que la maladie, ni, par conséquent, la santé, alors je vous demanderai : qu'est-ce que la vérité ? Et notez que je ne serai pas le premier à poser cette question ! Ah non ! Le premier ! Non ! Non ! Pas le premier ! Certes non !

LE DOCTEUR, *catégorique et commençant à s'impatienter.*

Enfin, monsieur ! Êtes-vous, oui ou non, vous en tant que malade, venu me consulter, moi, en tant que médecin ?

LE MALADE, *diabolique.*

Justement ! Justement ! Docteur. Toute la question est là : si vous ne pouvez me donner aucun éclaircissement, ni sur la maladie, ni sur la santé, ni sur la vérité (ni sur l'erreur, bien entendu), que puis-je attendre, moi le malade, de vous le médecin ?

LE DOCTEUR, *sèchement.*

Je vous l'ai déjà dit, monsieur : tout ceci est absurde. Encore une fois, veuillez vous déshabiller !

LE MALADE, *ricanant.*

Me déshabiller ? Moi ? Devant vous ? Pour quoi faire ? Oui, pour quoi faire, puisque vous ne pouvez même pas répondre à des questions essentielles, primordiales, ca-pi-ta-les ! *(Un soupir.)* Enfin ! Je veux être bon diable. J'y consens. Oui, je consens, en tout cas, à déshabiller mon âme devant vous.

LE DOCTEUR

Mais, monsieur...

LE MALADE, *l'interrompant et poursuivant.*

Docteur, je vous en prie, laissez-moi parler ! Eh bien oui, j'ai souffert, eh bien oui, je souffre ! Et c'est parce que je souffre que je viens vous demander du secours. Voyez-vous, je souffre, avant toute chose, de l'*instabilité de mes rapports avec l'Univers !*

LE DOCTEUR, *changeant de ton, soit par résignation, soit avec l'idée qu'il faut laisser parler le malade pour le comprendre, soit pour toute autre raison secrète.*

Avec l'Univers ? *(Conciliant, l'air intéressé :)* Vous dites : avec l'Univers ! Tiens, tiens, tiens, mais c'est intéressant, cela, dites donc !

LE MALADE, *encouragé, continue sur un ton confidentiel.*

Oui, l'Univers et moi, docteur, l'Univers et moi, cela ne va pas très bien.

LE DOCTEUR, *engageant et précis.*

Pas très bien *du tout*, ou bien *pas trop bien ?*

LE MALADE, *après une hésitation.*

Heu... plutôt pas trop trop.

LE DOCTEUR, *satisfait comme si cet indice était pour lui très important et significatif.*

Parfait, parfait !... Est-ce que cet... inconvénient vous arrive très fréquemment ?

LE MALADE, *devenu docile.*

Oui, très souvent.

LE DOCTEUR

Pouvez-vous me dire à peu près : tous les jours ?

LE MALADE

Tous les deux jours environ.

LE DOCTEUR

Vers quelle heure ? Pouvez-vous le préciser ?

LE MALADE, *réfléchissant.*

Plutôt... le matin !

LE DOCTEUR

Plutôt le matin, bon. Et cela se manifeste de quelle façon ?

LE MALADE

Eh bien ! Cela commence, en général, par un souvenir. Oui, je « décroche ». Je décroche par rapport à la réalité du moment présent. Et pfuit !... Je m'envole vers le passé. Le passé ! Je vous demande un peu ! Cette chose qui n'existe pas !... Alors, tout à coup, un déclic ! C'est comme si moi-même, soudain, je n'existais plus ! Oui, c'est cela : je ne suis plus *ici*, je n'y suis plus, *je ne suis plus.*

LE DOCTEUR

Ouais... Avez-vous essayé, à ce moment-là, de vous concentrer sur un objet présent ?

LE MALADE, *étonné.*

Non ! Comment cela ?

LE DOCTEUR

Je m'explique. Quel que soit l'endroit où vous vous trouvez au moment de ces... crises, vous avez forcément auprès de vous des objets matériels, des objets familiers ?

LE MALADE,
l'air surpris de la profondeur de cette découverte.

En effet ! En effet !

LE DOCTEUR

Si c'est dans votre cabinet de travail, vous avez bien, je ne sais pas, moi... *(Il cherche.)*

LE MALADE, *l'interrompant.*

Oh ! C'est très simple ! *(Se remémorant.)* A gauche de la porte, une bibliothèque (en merisier), un divan recouvert de reps violet (plutôt foncé), un fauteuil à bascule (en osier). Au milieu, sur le tapis (un tapis chinois), une table (une table en acajou) ; sur la table un presse-papiers en verre de couleur, vous savez : ce qu'on appelle un « sulfure ». En face, la fenêtre, à gauche une petite vitrine murale remplie de papillons jaunes et bleus naturalisés...

LE DOCTEUR, *l'interrompant.*

Bon ! Cela suffit ! C'est donc que vous ne perdez pas pied complètement. C'est très bien. Eh bien, fixez attentivement un de ces objets familiers ! Au besoin, prenez-le dans votre main et répétez-vous à vous-même, avec une conviction intense : « Le presse-papiers ! Le presse-papiers ! Le presse-papiers ! » Vous verrez : vous vous sentirez déjà beaucoup mieux.

LE MALADE, *ébranlé et vaguement reconnaissant.*

Vous croyez, docteur, que cela suffira ! C'est qu'elles sont si terribles, ces crises ! Plus de contact ! Plus d'horizons ! Plus de repères ! Plus de points cardinaux ! Plus de signes du zodiaque ! Plus de constellations ! Plus de jour ni de nuit ! Ni haut, ni bas ! Ni passé, ni avenir ! *(D'une voix plaintive et comme lointaine :)* ... Je... plonge, je descends, je descends, je tourbillonne, je m'éloigne, je m'éloigne, je m'éloi... gne...

LE DOCTEUR, *pressant et secourable.*

Le presse-papiers ! Le presse-papiers !

LE MALADE, *d'une voix mourante.*

Est-ce que je passe dans le camp de l'Inconnaissable ? des idées pures ? de l'absolu ? des noumènes ? de la « chose-en-soi » ?

LE DOCTEUR, *inébranlable.*

Le presse-papiers ! Le presse-papiers !... Mais... Mais... *(Comme se parlant à lui-même :)* Sapristi, il tourne de l'œil, le malheureux !... *(Haut et fort, à l'oreille du malade :)* ... Hé mon ami !... Revenez à vous !... je suis là... Le presse-papiers !... Réveillez-vous !... *(Il lui tapote les mains, puis il verse dans un verre un peu du contenu d'une carafe d'eau.)* Tenez, buvez ceci. Là, allons !... Votre tête, droite ! Ouvrez la bouche !... Là... Là... bien... Bien... Buvez ! Cela va vous remettre !

LE MALADE, *revenant à lui.*

Merci, docteur, merci !... Une petite... crise ! Ce n'était... qu'une petite crise... méta... méta... méta...

LE DOCTEUR, *se méprenant.*

C'est cela, éternuez ! Cela vous fera du bien !

LE MALADE, *continuant.*

méta... méta... méta... physique !

LE DOCTEUR

Ce n'est rien, cela. Songez au presse-papiers, au parapluie, à la sonnette de la porte, à n'importe quoi de *concret !*

LE MALADE, *lubugre.*

Vous me faites rire, docteur. Vous êtes... drôle !

LE DOCTEUR, *un peu énervé mais surmontant son énervement.*

Mais non, mais non je ne suis pas « drôle »... pas drôle du tout ! Enfin, bref... Que disais-je ? Ah ! oui ! Bon. Allons ! Comment vous sentez-vous ?

LE MALADE

Mieux, docteur... un peu mieux... Mieux... Vraiment mieux, mieux !

LE DOCTEUR

Bien, bien !

LE MALADE, *plaintif.*

Non, docteur, j'ai dit : « mieux, mieux » !

LE DOCTEUR

Moi j'ai dit : bien, bien !

LE MALADE

Ah bon ! Alors, vous c'est : bien, bien ! moi c'est mieux mieux !...

LE DOCTEUR

Bien, bien, passons, voulez-vous ? Alors, êtes-vous en état de répondre à mes questions, maintenant ?

LE MALADE, *ironique.*

Ah ! Vous vous vengez, docteur !

LE DOCTEUR

Me « venger », moi ? Non, je ne fais que mon devoir de médecin. Allons, répondez avec précision : comment ça va-t-il du côté des nuages ?

LE MALADE

Les nuages ? Pas mal, merci. Un peu... Comment dire, un peu mous, un peu instables, les nuages ! Mais, dans l'ensemble, bonne circulation : vapeur, condensation, vapeur, condensation, vapeur, condensation. Un orage de temps en temps. Surtout en été. L'hiver c'est la pluie qui ne va pas, ça me dégouline... sur le visage, dans le dos, sur les mains, c'est froid, c'est humide, pouah !...

LE DOCTEUR, *avec un sérieux absolu.*

Vous vous servez d'un parapluie, ou d'un imperméable ?

LE MALADE

Des deux, docteur.

LE DOCTEUR

Pas fameux. Pas fameux. Il vaut mieux rester chez vous. Ne sortez que par temps sec... Bon ! Et l'espace, vous voyez ce que je veux dire : l'espace... comment ça va ?

LE MALADE

L'espace ? Aïe ! C'est le grand problème !... Tantôt trop large... ou trop long, tantôt trop étroit !

LE DOCTEUR

Évidemment, c'est toujours ainsi. L'espace est relatif. Comme le temps d'ailleurs.

LE MALADE

C'est bien là ce qui m'inquiète.

LE DOCTEUR, *nerveux.*

Ne vous effrayez surtout pas ! Cela se soigne, tout cela se soigne.

LE MALADE

Merci, docteur. Je vous remercie d'essayer de me rassurer.

Un temps.

LE DOCTEUR

Lorsque vous sortez de chez vous, le matin, qu'éprouvez-vous ?

LE MALADE

Eh bien, voici : il y a un grand vacarme en moi, une grande bousculade d'autos, de gens, d'enfants, de petits chiens. Cela va, cela vient, ça me rentre par une oreille, ça me sort par l'autre, ça me cogne dessus, ça m'assourdit, ça m'éblouit, c'est in-to-lé-rable !

LE DOCTEUR

Et... cela dure longtemps ?

LE MALADE

Tant que je suis dans la rue.

LE DOCTEUR

Ah ! Et à l'intérieur ?

LE MALADE

A l'intérieur de quoi ?

LE DOCTEUR

Vous rentrez bien quelque part, après être sorti ?

LE MALADE

Bien sûr, je rentre. Je rentre au bureau.

LE DOCTEUR

Alors ?

LE MALADE

Alors ? Eh bien ! Alors, c'est un peu la même chose, mais en plus assourdi. Notez que ça n'en est que plus lancinant ! J'entends comme des voix qui m'interpellent, comme des sonneries stridentes, je vois tourbillonner des feuilles de papier, zébrées de signes noirs, je crisse de la plume, je craque du fauteuil, je tremble de la porte...

LE DOCTEUR

Curieux, curieux ! Et cela dure longtemps ?

LE MALADE

Matin et soir.

LE DOCTEUR

Et entre-temps ?

LE MALADE

Entre-temps ; eh bien, il y a les repas !

LE DOCTEUR

Et à la fin de la semaine ?

LE MALADE

A la fin de la semaine, il y a le week-end. C'est-à-dire le week-end « à la campagne ».

LE DOCTEUR, *sournois.*

Et comment va-t-elle, la campagne ?

LE MALADE

Ni bien, ni mal. Des arbres. Des prairies. Des vaches. Des vaches. Des arbres. Des prairies. Quelquefois un cours d'eau, un train, des autos. L'école est à côté de l'église... *(De plus en plus vite, comme s'il récitait une leçon enfantine :)* L'église a un clocher en ardoise. Mon oncle a un jardin potager. Dans le jardin de mon oncle, il y a un cerisier. Mon grand-père avait des rentes. La nuit est silencieuse. Le clair de lune luit.

LE DOCTEUR, *déjà plus nerveux.*

Tout cela est exact. Tout cela est tout à fait exact. Je vous comprends parfaitement. Je suis comme vous.

Les chiens aboient. Les grenouillent coassent. La terre est humide. L'herbe pousse... *(Soudain bizarrement jovial :)* A propos, regardez-vous le ciel, quelquefois ?

LE MALADE, *contrefaisant le sourd.*

Le... quoi ?

LE DOCTEUR, *d'une voix forte comme parlant à un sourd.*

Le *ciel !...* Là-haut ! Là, au-dessus... Le bleu-bleu-bleu... be-le — be-le — be-le !

LE MALADE

Ha ! Vous voulez dire : le ciel ?

LE DOCTEUR

C'est cela même : le grand machin où il y a des petites choses qui brillent. Le regardez-vous, le ciel ?

LE MALADE

Oui, bien sûr, souvent, je le regarde ! Quand je lève la tête ou bien les yeux, ou les deux à la fois... Oui, je le regarde, mais...

LE DOCTEUR

Mais ?

LE MALADE, *après une hésitation, confidentiellement.*

Il me fait peur, le... comme vous dites : le *Ciel.*

LE DOCTEUR

Pourquoi donc vous fait-il peur ?

LE MALADE

Voyez-vous, lorsque j'étais petit enfant, je me disais : au-dessus du ciel, il y a du ciel — et encore du ciel — et toujours du ciel ! Comment est-ce possible ? Où est-ce que tout cela s'arrête ? Toujours plus loin ! Pas de limite ! Plus loin ! Toujours ! Toujours !

LE DOCTEUR, *précipitamment.*

Attention ! Faites attention ! C'est seulement un peu de vertige, ne recommençons pas !... Vite, prenez un coupe-papier !

LE MALADE

Mais vous m'aviez dit : un presse-papiers !

LE DOCTEUR, *pressant.*

Un presse-papiers quand on en a un. Mais je n'en ai pas ici. Alors je vous tends un coupe-papier. C'est la même chose : un coupe-papier, un presse-papiers, un coupe-papier, un presse-papiers !... Allons, prenez !

LE MALADE

Merci, docteur. Que dois-je en faire ?

A partir de ce moment le dialogue s'accélère.

LE DOCTEUR

Tenez-le bien ! Serrez-le dans votre main ! Là, très fort ! Et observez-le attentivement !

LE MALADE

Voilà, je l'observe.

LE DOCTEUR

Bon ! Que voyez-vous ?

LE MALADE

Un coupe-papier.

LE DOCTEUR

Un coupe-papier comment ?

LE MALADE

Un coupe-papier en bois.

LE DOCTEUR

En bois de quoi ?

LE MALADE

Comment voulez-vous que je le sache, docteur ? Voyons ! Vous me faites rire !

LE DOCTEUR

C'est tout ce que je voulais, vous faire rire. Vous êtes sauvé.

LE MALADE

Sauvé ? Moi ? vraiment ?

LE DOCTEUR, *de plus en plus énervé.*

Oui ! Sauvé ! Vous êtes sauvé ! Puisque je vous le dis ! Vous devez le croire ! Vous devez croire tout ce que je vous dis. Je suis votre médecin. Vous êtes mon malade. Vous n'êtes qu'un malade. Entendez-vous, un malade qui n'est plus malade, puisque vous êtes guéri. Grâce à moi ! Vous comprenez ! Grâce à moi !

LE MALADE

Bon ! Bon ! Je vous crois ! Ne vous fâchez pas !

LE DOCTEUR, *d'une voix exagérément forte.*

Je ne me fâche pas. Pas du tout ! Seulement voilà : vous êtes sauvé, *vous !* Mais moi, je suis perdu ! *(Presque dans un cri :)* Je suis *perdu,* entendez-vous !

LE MALADE

Pourquoi perdu ? Pourquoi seriez-vous perdu, docteur ?

LE DOCTEUR, *à tue-tête.*

Pourquoi je suis perdu ? Parce que je vois des malades depuis ce matin ! Ça ne vous dit rien ? Si les singes jouaient des mandibules, ça ne vous dirait rien non plus ? Non ! Vous ne comprenez rien. Vous prenez le train comme les chèvres, vous vous coupez des tranches de saucisson dans les colonnes du Parthénon ! Vous vous mouchez dans le Zambèze ! Vous piétinez les Caraïbes. Je vous entends braire ? Parce que vous allez traire. Et quand je parle de vache, vous répondez cache-cache... Allons ! Déshabillez-vous ! Que je vous flanque une volée de coups de bâtons ! Voilà assez longtemps que je supporte vos sifflements ! Vos rodomontades ! Vos partis pris ! Déshabille-toi, ou je cogne, vipère !

LE MALADE, *terrifié,*
d'une voix blanche.

Ne... ne vous mettez pas en colère, docteur ! Ça va très bien comme ça ! Vous m'avez bien soigné... Très très bien... Je n'ai plus qu'à me retirer... Puisque je suis guéri, moi ! Qu'est-ce que je vous dois, docteur ?

LE DOCTEUR, *vociférant.*

Ce que vous me devez ? Vous me devez le respect, entendez-vous, le respect ! Le respect ! Le respect ! Le respect ! *(Il pousse dehors le client éberlué, referme la porte sur lui et se roule aussitôt par terre en criant :)* Au secours !... Un médecin !... Non je ne suis pas le médecin !... Je suis le malade. Il n'y a pas de médecins ! Il n'y a que des malades ! Au secours ! Au secours !

FAUST ET YORICK

OU

TOUTE UNE VIE POUR UN CRÂNE

Apologue

PERSONNAGES

LE SAVANT, *jeune au début, vieillit rapidement au cours du sketch.*

LE REPORTER, *jeune à sa première entrée en scène, vieux à la seconde.*

LA NOURRICE, *sans âge.*

L'ÉPOUSE DU SAVANT, *jeune (trop occupée ensuite par ses nombreuses maternités pour reparaître en scène).*

MADELEINE, *d'abord sous la forme d'un nouveau-né, puis d'une jeune fille, puis d'une jeune femme.*

QUATRE JEUNES SAVANTS.

On ne voit sur la scène, vers la droite, qu'une table de travail très large, très haute — presque comme un comptoir ou un tribunal — et recouverte d'un tapis qui la masque entièrement jusqu'au sol.

Sur la table, beaucoup de livres, des papiers, un encrier, une balance, une mappemonde — et une tête de mort.

Le Savant, assis à cette haute table, face au public, paraît presque englouti derrière les livres : la lampe éclaire son visage et son buste ; le reste de la pièce est plongé dans l'obscurité.

Le Savant ne bougera pas de sa table jusqu'à la fin.

LE SAVANT, *d'abord dans la force de l'âge.*

J'ai travaillé toute ma vie. J'ai énormément travaillé. J'ai commencé par lire tout ce que les autres ont écrit, dans toutes les branches du savoir — puis j'ai cherché par moi-même. Comme c'est toujours à l'Homme que l'homme revient après avoir fait le tour de la Création, je me suis spécialisé dans la science qui étudie cet étrange animal. Comme la partie la plus noble de l'homme est celle où, justement, tous les bons auteurs placent le siège du savoir, j'ai dirigé mes recherches du côté de la *tête* et du *cerveau* de l'Homme. Enfin, comme il y a un rapport étroit entre le contenu et le contenant, j'ai jeté mon dévolu sur le *crâne* humain ; le crâne, voilà toute la question !

Il prend le crâne sur la table et le considère.

LE REPORTER, *surgissant de l'ombre, un carnet et un crayon à la main.*

On dit, maître, que vous seriez sur le point de découvrir « l'échelon supérieur » du crâne humain. Qu'entendez-vous par : échelon supérieur ?

LE SAVANT

A vrai dire, je ne l'ai pas encore découvert : je le cherche, je le pressens. *L'échelon supérieur*, c'est un ensemble de constatations et d'indices qui m'a conduit à penser que le crâne humain était en train de se transformer et qu'il était prêt à contenir un cerveau infiniment supérieur au nôtre.

LE REPORTER

Je vous remercie, maître, de cette précieuse déclaration.

Il disparaît dans l'ombre.

LE SAVANT

Ah ! *L'échelon supérieur !* Que de veilles il m'a coûté ! Que de travaux, que de voyages ! J'ai mesuré des milliers et des milliers de crânes sous toutes les latitudes, j'ai accumulé les observations, j'ai fait la critique de toutes les hypothèses et je m'aperçois, après tant d'efforts, que je suis bien loin de toucher au but. Ce crâne, ce crâne merveilleux, le crâne génial de l'Homme Futur, où est-il, où est-il ? Quand l'aurai-je enfin découvert ?

LA NOURRICE, *apparaissant.*

Comment, mon pauvre enfant, encore en train de travailler, un jour pareil !

LE SAVANT, *contrarié.*

Comment ? Quoi ? Eh, qu'y a-t-il donc, voyons ?

LA NOURRICE

Mais c'est le jour de ton mariage, mon petit ! Allons, vite ! Prépare-toi ! Ta fiancée t'attend sous ses voiles. Les témoins, les invités sont sous le porche de l'église. Dépêche-toi !

On entend naturellement, pendant quelques minutes, la Marche nuptiale *de Mendelssohn ! Cependant le savant n'a pas bougé de sa place.*

LE SAVANT

Dès le lendemain de la noce, je me remis à travailler. Ma femme était charmante et douce. Elle assistait, silencieuse, à mes recherches...

Un coup de projecteur fait surgir de l'ombre la Jeune Femme. Elle est assise à côté de la table de son mari et tricote. On entend sonner minuit à un clocher.

LA JEUNE FEMME

Ne crois-tu pas, mon ami, que tu as assez travaillé aujourd'hui ? Il se fait tard.

LE SAVANT, *avec douceur.*

Non, ma chérie ! Il faut encore que j'établisse des corrélations entre différentes mesures que l'on vient de m'envoyer de plusieurs points du globe. Mais toi, va te coucher, je t'en prie. Tu te fatigues à veiller ainsi, dans l'état où tu es !... Va !...

La Jeune Femme disparaît.

LE SAVANT

Les jours, les années passèrent. J'entrevoyais déjà la courbe ascendante du crâne humain, depuis ses origines les plus lointaines jusqu'aux premiers âges civilisés, et ce tracé devait faire apparaître, en pointillé, la suite de cette prodigieuse aventure. C'était un émouvant spectacle !

LA NOURRICE, *sortant de l'ombre, elle tient dans ses bras un nouveau-né recouvert de voiles.*

Regarde ! Regarde comme il est beau !

LE SAVANT, *comme sortant d'un rêve.*

Hein ! Quoi ! Qu'y a-t-il ?... Ah oui, c'est le petit Magdalénien qui m'est annoncé ? Posez-le là, je vous prie !

LA NOURRICE, *riant.*

Mais non ! C'est ton premier rejeton ! Tout le portrait de son père ! J'espère qu'il en aura, des frères et des sœurs !

Elle disparaît.

LE SAVANT

Mes travaux commençaient à attirer sur moi l'attention du monde savant. Plusieurs académies étrangères me reçurent dans leur sein. Seul, mon pays natal doutait encore de moi.

On frappe doucement.

LA VOIX DE MADELEINE, *petite jeune fille.*

Papa ! Tu permets que je vienne un moment près de toi ?

LE SAVANT

Mais oui, Madeleine, entre !

MADELEINE, *surgissant debout aux côtés de son père.*

Mon pauvre papa ! Comme tu travailles !... Et comme les gens sont injustes envers toi !

LE SAVANT

Pourquoi dis-tu cela ?

MADELEINE, *fondant en larmes.*

Oh, papa, si tu savais !

LE SAVANT

Qu'y a-t-il ? Parle ! *(Doucement.)* Tu as été refusée à ton examen ?

MADELEINE

Il s'agit bien de cela ! C'est beaucoup plus grave !

LE SAVANT

Quoi donc ?

MADELEINE

Mon frère aîné est revenu ce soir de la Faculté. Il était bouleversé. Il paraît que l'on a organisé un chahut monstre... à ton sujet !

LE SAVANT

A mon sujet ?

MADELEINE

Oui ! Un monôme ! Les étudiants portaient un gros crâne de carton éclairé par des lanternes vénitiennes et ils chantaient une vilaine chanson, où tes travaux sont tournés en ridicule !

On entend la voix des étudiants chantant qui s'approche, puis s'éloigne.

VOIX DES ÉTUDIANTS

Ah, le crân', le crân', le crân' !
C'est toute une affaire !
Ah, le crân', le crân', le crân' !
C'est tout' la question !

LE SAVANT, *riant.*

Ah ! ce n'est que cela ? Ma pauvre Madeleine, qu'est-ce que ça peut faire ! Laisse-les chanter, ils sont jeunes !

Ils n'empêcheront pas mon œuvre de s'accomplir ! Un jour, tu verras, tout le monde s'inclinera devant mes découvertes. Je suis sur la bonne voie ! *(Madeleine disparaît.)* Aucune déception, aucune injustice ne pouvait m'arrêter. Ma vie s'écoulait, paisible en somme, et ma collection de crânes avait pris de telles proportions qu'il fallut acheter un hangar pour la contenir...

MADELEINE, *surgissant de l'ombre, affolée ; c'est maintenant une belle jeune femme.*

Papa ! Papa ! Oh, papa !

LE SAVANT, *agacé.*

Qu'y a-t-il encore ?

MADELEINE

Papa, je n'en peux plus ! Mon mari me fait une vie impossible ! Son caractère est devenu insupportable. Je viens de m'enfuir de chez moi avec mes enfants. Quel parti prendre, oh, mon Dieu, mon Dieu !

LE SAVANT

Eh bien, mais divorce, mon enfant ! La belle affaire ! Pourquoi te mettre dans un état pareil ? C'est si simple !

MADELEINE

Ah, tu trouves cela simple, toi ! Oui ! Toujours dans tes livres et tes mesures et tes crânes ! Mais il n'y a pas que les crânes ! Les crânes sont morts ! Il y a la vie, notre vie ! Ah ! tu n'y prêtes guère d'attention !

Elle disparaît.

LE SAVANT, *haussant les épaules.*

C'était curieux de voir à quel point les hommes attachent de l'importance à ces minces événements ! Qu'est-ce que c'était que notre petite histoire familiale à côté de la colossale aventure de l'Homme ! Ah ! il en a bien vu d'autres, l'Homme, depuis sa création ! Et il en verra bien d'autres, avant que son crâne ait atteint son volume maximum !... Voyons... où en étais-je ?... Mais qu'est-ce que j'ai fait de ce livre, bon sang !... Une précieuse monographie de mon meilleur disciple, un Danois !... Le livre a dû tomber sous ma table !... *(Il se baisse un moment sous la table et reparaît vieilli, les cheveux tout blancs. Un peu de musique — de préférence romantique — s'est fait entendre pendant ce temps. Puis d'une voix cassée :)* Où est le temps où j'égarais mes livres, tant ma table et mon cabinet en étaient encombrés ! Maintenant, ma bibliothèque occupe un étage entier de ma maison et le monde entier vient la consulter ! *(On frappe.)* Entrez !

LE REPORTER, *il a, lui aussi, vieilli.*

Maître ! Il y a bien des années que je ne suis venu vous saluer ! Je regrette que ma seconde visite ait lieu en de si pénibles circonstances : Madame votre épouse, hélas !

LE SAVANT, *avec angoisse.*

Hein ! Quoi ! Que dites-vous, mon épouse !... *(Se ravisant.)* Ah oui, c'est vrai, j'oubliais !... Pauvre chère compagne de ma vie !... Eh oui, elle est partie comme elle était venue, discrètement, sans bruit !... En quarante ans de vie commune, je n'ai eu qu'à me louer d'elle ! Elle m'a donné dix enfants, dont six, hélas ! sont morts avant elle. Les quatre autres sont établis maintenant et j'ai sept petits-enfants qui font la joie de ma vieillesse !

LE REPORTER

Ainsi, dans votre deuil, vous avez heureusement des consolations ! Mais la plus belle, maître, n'est-elle pas cette consécration que votre pays vient de donner à vos travaux !...

Il disparaît.

LE SAVANT

En effet, mes collègues français avaient enfin, après ceux des autres pays, reconnu l'intérêt de mes recherches : un cours au collège de Navarre, l'Institut, un haut grade dans l'Ordre National — j'étais comblé d'honneurs !... Et cependant, une amertume subsistait au fond de mon cœur : je touchais au but, certes, mais je ne l'avais pas encore atteint. Tout le monde parlait de l' « Échelon Supérieur » et pourtant personne — pas même moi ! — n'avait encore la preuve définitive de son existence ! Combien d'années me faudrait-il encore, avant de pouvoir tenir entre mes mains le Crâne tant cherché ? Un jour enfin, tandis que je travaillais comme à l'ordinaire, j'éprouvai un vertige soudain !... ma tête... me parut lourde... lourde... et...

Il s'affaisse, la tête en avant, sur sa table. Comme il est caché par les livres, il disparaît complètement.

VOIX DE SPEAKER A LA RADIO

... La France vient de perdre un de ses plus illustres savants : il s'est éteint hier soir, à sa table de travail, terrassé par soixante ans de labeur, alors qu'il touchait au but de ses recherches...

Un peu de musique funèbre. Puis, aussitôt, apparaissent quatre jeunes savants en redingote. L'un d'eux — celui qui va parler aux autres — pose sur la table un paquet enveloppé dans un journal.

LE JEUNE SAVANT

Messieurs, ce n'est pas sans une profonde émotion que nous venons saluer, ici même, le souvenir vénéré de notre maître. Sa vie nous offre l'exemple d'un dévouement sans réserve à la Science. Je dirai plus : non seulement sa vie, mais sa mort elle-même — sa mort surtout ! — auront servi à nous donner la preuve de cette découverte immense qu'il n'avait fait — et pour cause ! — qu'entrevoir ! Comme vous le savez, messieurs, notre illustre maître, avant de mourir, avait recommandé que l'on fît l'autopsie de son corps et, plus précisément, que l'on prît les mesures de son crâne. Eh bien, messieurs, ce crâne qu'il avait cherché toute sa vie, ce futur crâne humain — ou plutôt surhumain, — capable de contenir toute la Science, ce crâne, messieurs, le voici : c'était le sien !

Tout en finissant de parler, il a défait le papier, il en sort un crâne, qu'il montre à ses collègues. Ceux-ci applaudissent. On entend — naturellement ! — les premières mesures de la Danse macabre *de Saint-Saëns.*

Rideau.

II

La comédie des arts

LA SONATE
ET LES TROIS MESSIEURS

OU

COMMENT PARLER MUSIQUE

PERSONNAGES

MONSIEUR A
MONSIEUR B
MONSIEUR C

Ce sont trois Messieurs, en costume de ville, qui sont assis face au public.

Leurs chaises, placées à quelque distance les unes des autres, sont disposées en demi-cercle.

Ils se racontent, sur le ton de la conversation la plus banale, « ce qui s'est passé » dans un morceau de musique qu'ils ont entendu au concert.

Il n'y a pas de décor.

PREMIER MOUVEMENT : LARGO

A

Vous vous en souvenez ?

B

Je m'en souviens. *(à C.)* Et vous ?

Un silence.

C

Ça commençait par une grande étendue.

B

Oui, par une grande étendue d'eau.

C

Une grande étendue d'eau dans le soir.

Un silence.

B

Puis, il y avait un silence. *(Un silence.)*
Puis, ça recommençait : c'était une grande étendue.

C

Une grande étendue d'eau dans le soir.

A

Oui, c'est ainsi que ça commençait : par une grande étendue.

(Un silence.)

Est-ce que c'était indistinct ?

B

Oui, c'était indistinct.

C

C'était très indistinct.
On ne distinguait rien.

B

Absolument rien.
D'ailleurs n'y avait-il rien à voir ?

Un silence.

A

Ainsi, il n'y avait rien à voir ?

B, *à C.*

Et pourquoi n'y avait-il rien à voir ?

C

Parce que c'était ainsi.

Un silence.

A

C'était une grande étendue.

B

Une grande étendue indistincte.

C

Une étendue indistincte dans le soir.

Un silence.

A

Et cependant, au bout d'un moment...

B, *à A.*

Au bout d'un moment ?

C, *à A.*

Est-ce qu'il s'est passé quelque chose ?

A

Oui, au bout d'un moment
il s'est passé quelque chose.

B, *à A.*

Quelque chose d'effrayant ?

A

Non. Rien d'effrayant.

C, *à A.*

Quelque chose de calme ?

A

Non... pas tout à fait.

B, *à A.*

Quelque chose de gai ?

A

Pas tout à fait, mais presque.

C, *à A.*

Quelque chose de doux ?

A

Ce serait plutôt cela :
Oui, quelque chose de doux
qui venait, qui s'avançait...

B

En effet, je me souviens :
Quelque chose de doux,
qui s'avançait de notre côté...
et qui n'avait pas l'air de nous voir...

A

Et qui pourtant nous concernait.

B

Oui, puisque cela venait droit vers nous !

C

Mais nous n'en étions pas effrayés.

A

Pas du tout.

B

Pas du tout, absolument pas.
Nous n'étions pas effrayés du tout.

Un silence.

A, *à voix plus basse,*
aux deux autres.

Et pourquoi aurions-nous été effrayés ?

B

Je vous le demande !

C

Oui, pourquoi nous effrayer ?
Pourquoi aurions-nous été effrayés ?

A

Parce que ça bougeait ?

B

Parce que ça venait vers nous ?

C

Parce que c'était léger ?

A

Parce que c'était agréable ?

B

Ce n'est pas une raison.

A

Absolument pas.

C

Il n'y avait pas de quoi s'effrayer.

B

Vraiment pas, vraiment pas du tout.

A

D'autant plus que ça venait d'une grande étendue...

B

D'une grande étendue d'eau...

C

D'une grande étendue d'eau dans le soir.

Un silence.

B

Et ensuite : que s'est-il passé ?

A

Ensuite ? Eh bien, ça s'est arrêté.
Et puis, c'est reparti.

C

C'est reparti comme c'était venu...

B

Avec douceur, avec légèreté...

C

On nous aurait entendus respirer.

A

Étiez-vous contents parce que ça s'en allait ?

C

Nous étions contents :
mais ce n'était pas parce que ça s'en allait :
c'était plutôt parce que ça bougeait.

B

Oui, au fond, on était contents
quand ça venait ou quand ça s'en allait,
ou quand ça descendait ou quand ça montait.

A

Ah ! Parce que ça montait aussi ?

B

Oui, ça montait quelquefois.

C, *avec une certaine admiration.*

Même, un moment, ça a monté rudement !

B

C'est monté, monté, monté très haut.

C, *comme désignant quelque chose qui monte très haut dans l'air.*

Oui, ça montait, puis ça s'arrêtait ;
puis ça montait, ça montait, ça montait !

A

Et ça montait vite ?

C

Ça montait très vite.

A

Si vite que ça ?

B

Plus vite que ça.

C

Plus vite encore.

B

Plus vite.

C

Plus vite.

A

Vite, vite, vite, vite ?

C

Très vite.

B

Très vite.

C

Très vite.

B

Très, très vite.

C

Très, très, très vite.

Un silence.

B

Et pendant ce temps-là,
ça continuait en bas.

A

En bas, c'était toujours en bas.

C

C'était toujours en bas et toujours là.

A

C'était une grande étendue...

B

Une grande étendue d'eau...

C

Une grande étendue d'eau dans le soir.

DEUXIÈME MOUVEMENT : ANDANTE

Les trois Messieurs rapprochent leurs chaises, comme pour parler de quelque chose de plus confidentiel.

B, *à A, en baissant la voix.*

Avez-vous pu voir ce que c'était ?

A, *même ton.*

Non, je n'ai pas pu le voir.

C

Bien sûr ! Puisqu'il n'y avait rien à voir !

A, *ton normal.*

Il n'y avait rien à voir,
mais il y avait beaucoup de choses à savoir.

B

Ah ! Et vous êtes arrivé à savoir quelque chose ?

A

En tout cas, j'étais tout près de savoir.

C

En somme, vous étiez dans les dispositions qu'il faut !

A

Oui, c'est cela : dans les dispositions qu'il faut.

C

Dans les dispositions qu'il faut pour savoir quelque chose...

A

Quand il y a quelque chose à savoir, bien entendu !

B

Bien entendu !

C

Bien entendu !

Un silence. Ils se regardent à la dérobée comme s'ils n'osaient pas aborder « le sujet ».

A, B et C, *brusquement et ensemble.*

Et qu'est-ce que...

A

Oh, pardon !

B

Oh, pardon !

C

Oh, pardon !

A, *à B.*

Je vous en prie !

B, *à A.*

Commencez vous-même !

A

Je n'en ferai rien !

B, *à C.*

Alors, c'est à vous !

C, *à A et à B.*

Je voulais vous dire —
puisque vous m'y invitez,
puisque vous m'y invitez si courtoisement,
puisque vous m'invitez si courtoisement que je ne puis refuser —
je voulais vous dire :
En somme, qu'avez-vous su ?

A, *regardant B.*

Ce que nous avons su ?

B, *regardant A.*

Ce que nous avons su ?

A

Eh bien, mais nous avons su
que nous étions tout près de savoir
ce qu'il y a à savoir
quand il y a quelque chose à savoir !

B

C'est évident.

C

Oui, mais encore ?

B

Encore quoi ? Voulez-vous que je recommence ?

C

Peut-être que oui ! Peut-être
n'ai-je pas très bien compris...

B, *à A, conciliant.*

Puisqu'il le demande, recommencez !

A

Eh bien, très volontiers,
puisque vous le demandez.
Alors, voici : nous avons su comment on est
quand on se trouve tout près de savoir
ce qu'il y a à savoir
lorsqu'il y a quelque chose à savoir !

C, *avec force.*

Mais, précisément, *il y a* quelque chose à savoir !

A, *avec assurance.*

Parbleu oui !
Je suis de votre avis :
il y a quelque chose à savoir.

B, *même ton.*

Personne n'a jamais dit le contraire :
il y a quelque chose à savoir !

C, *soudain un ton plus bas.*

Et en vous approchant,
êtes-vous arrivés à savoir quelque chose ?

B, *confidentiel.*

En tout cas, nous avons su
que cela se passait... là...

A, *même ton.*

Que cela se passait dans une grande plaine...

C, *même ton.*

N'était-ce pas... dans une grande étendue ?

A

Oui, dans une grande étendue.

B

Une grande étendue dans le soir.

A

Dans le soir.

B

Dans le soir.

Un court silence : ils se regardent avec gravité.

A

Dans le soir, dans le soir.

B

Dans le soir, dans le soir, dans le soir.

C

Dans le soir.

B

Soir.

A

Soir, soir.

C

Soir soir soir soir.

B

Soir.

A

Soir.

B

Soir.

soir
soir

C

soir !

TROISIÈME MOUVEMENT : FINALE

Les Messieurs écartent leurs chaises et prennent un air dégagé et joyeux.

A

Après cela, les choses ont marché rondement !

B

Oui, à une allure drôlement rapide !

C

Tout a été fait en un clin d'œil !

A

Sans avoir l'air de rien !

B

A la dérobée !

C

Ni vu ni connu !

A

Pas le temps de dire : ouf.

B

On était partis assez calmes :
on est revenus tout joyeux !

C

Vous vous en souvenez ?

A

Si je m'en souviens !

B

Et moi donc !

A

On riait comme des fous !
On n'en finissait plus de rire !

C

Et l'on sautait !
Et l'on gambadait !
Et l'on tournait sur soi-même !

B, *à A.*

Vous couriez devant moi,
je cherchais à vous rattraper
et tout à coup c'était vous
qui étiez en train de me poursuivre !

C

Parce qu'on tournait en rond !

B

Dans un petit espace...

C

Dans un tout petit espace...

A

Petit petit petit petit !

C

C'était à n'y rien comprendre !

A

Mais c'était gai !

B

C'était gai, ce n'était pas triste.

A

Pas triste du tout.

C

C'était cela qui était surprenant :
d'habitude, c'est plutôt triste
de ne pas comprendre quelque chose !
Mais cette fois-là, ça nous faisait rire !

B

C'était, peut-être, qu'il n'y avait rien à comprendre ?

C

Peut-être ! C'était comme ceci,
et comme cela

Gestes des bras et des épaules.

Et puis comme ceci et puis comme cela
Et comme ci et comme ça
Et comme ceci et comme cela
Et il n'y avait rien d'autre à comprendre !

B

Et ça nous mettait en joie
On n'aurait pas su dire pourquoi

A

On avait envie de rire de tout,
on était comme des gens un peu fous !

C

Et ça faisait du bien de sauter,
de sauter à gauche et à droite,
de courir ici et puis là
et comme ceci et comme cela
sans avoir rien d'autre à comprendre.

A

C'était une sorte d'exercice.

B

Et notez-le bien :
ce n'était plus le soir !

C

Non ! Ça c'est vrai : ce n'était plus le soir !

A

C'était même plutôt le matin !

B

C'était bien ça : le matin...

C

Quand le matin fait le matin...

A

Et qu'il dit : « Matin, matin, matin ! »

C

Matin, viens ici !

B

Matin, viens ici, petit matin !

C

Ah ! le brave petit matin !

A

Un matin...

C

Un matin-matin...

B

Qui fait : « Matin, matin, matin ! »

C

Comme tous les matins !

B

Matin...

A

Matin matin...

B

Matin matin matin matin !

C

Matin matin

B

Matin

C

Matin

A

Matin

B, *à C.*

Ma... ?

Un silence.

C

... tin !

B, *à A.*

Ma... ?

Un silence.

A

... tin !

Les trois Messieurs saluent et sortent gravement.

Rideau.

(Paris, Saint-Germain-de-Joux, juin 1952.)

LA GALERIE

OU

COMMENT PARLER PEINTURE

PERSONNAGES

LE DIRECTEUR.

LE CLIENT.

LE MANUTENTIONNAIRE.

La scène représente une pièce nue et blanche, très éclairée.

Au fond une porte vitrée donnant sur la rue. À droite un bureau et un fauteuil.

À gauche, au bas du mur un certain nombre de tableaux encadrés ou non, de toutes dimensions, mais rangés de telle façon que l'on ne voit jamais que l'envers des toiles et non les œuvres elles-mêmes.

Au lever du rideau, le Directeur est assis à son bureau et compulse des dossiers, tandis que le manutentionnaire range des tableaux. Il en emporte, en rapporte, les regarde, semble les classer.

La porte du fond s'ouvre avec lenteur, avec une sorte de prudence.

Le Client passe timidement la tête par l'entrebâillement, puis ouvre tout à fait, non sans avoir regardé derrière lui avec inquiétude.

LE DIRECTEUR, *se levant et allant au-devant du client.*

Entrez ! Monsieur ! Entrez !

LE CLIENT, *extrêmement timide.*

Oui, monsieur. Oui, merci monsieur. J'entre. Si vous permettez.

LE DIRECTEUR

Mais je vous en prie.

LE CLIENT, *avec les hésitations et les regards furtifs d'un homme entrant dans un lieu « sexy ».*

C'est bien ici... une « galerie de tableaux » ?

LE DIRECTEUR

Parfaitement, monsieur, une des plus réputées de notre ville.

LE CLIENT, *même jeu.*

Une galerie de tableaux... d'aujourd'hui ?

LE DIRECTEUR, *un peu pincé, mais ironique.*

Que voulez-vous dire ? Ce ne sont pas des œufs, dans un poulailler !

LE CLIENT

Je voulais dire... des tableaux... enfin... vous me comprenez... *(Presque à l'oreille du Directeur, comme s'il s'agissait d'un terme inconvenant :)*... des tableaux... « abstraits » ?

LE DIRECTEUR, *dédaigneux.*

Oui, si vous tenez à ce mot, bien dépassé d'ailleurs. Mais pourquoi semblez-vous aussi inquiet, mon cher monsieur ?

LE CLIENT, *craintif.*

C'est que, voyez-vous, ma famille serait plutôt pour... le « figuratif ».

LE DIRECTEUR

Et vous avez peur de mécontenter vos parents ? Que diable, il faut avoir le courage de ses opinions !

LE CLIENT, *avec une sorte de fierté naïve.*

Oh monsieur, c'est bien pour cela que je suis ici ; parce que j'ai du courage !

LE DIRECTEUR

Allons, remettez-vous ! Cela est très sympathique, très sympathique. Que désirez-vous voir ?

LE CLIENT

Tout ce que vous voudrez, monsieur. J'adore voir du nouveau.

LE DIRECTEUR

Avez-vous une préférence, une idée !

LE CLIENT

Oh ! Des idées, j'en ai, monsieur, bien sûr ! Mais je n'ai pas encore de tableaux... abstraits — ou, comme vous voudrez. Et je désire en acheter un... ou un et demi.

LE DIRECTEUR

Comment, « un et demi » ?

LE CLIENT

Que je suis bête ! Je veux dire un grand et un petit, si les prix me le permettent.

LE DIRECTEUR

Bon. Je vais vous faire voir une partie de ma collection. Vous avez de la chance. J'ai justement des tableaux de premier ordre en ce moment. *(Il frappe dans ses mains.)* Arsène !

ARSÈNE, *interrompant ses travaux.*

Monsieur ?

LE DIRECTEUR

Arsène, voulez-vous montrer la collection à monsieur. Dans l'ordre habituel. Ne vous pressez pas !

ARSÈNE, *se hâtant.*

Oui, oui, monsieur, je vais aller vite.

LE DIRECTEUR

Mais non, je vous ai dit : ne vous pressez pas. Cela veut dire : ne vous pressez pas.

ARSÈNE

Ah! je croyais que monsieur voulait dire : hâtez-vous... par ironie...

LE DIRECTEUR, *haussant les épaules.*

Allons! vous savez bien que je dis toujours ce que je veux dire, et non le contraire. « Ne vous pressez pas » cela signifie : faites en sorte que notre visiteur puisse regarder à loisir les tableaux que vous lui présenterez.

ARSÈNE

Bien monsieur.

Il s'éloigne.

LE DIRECTEUR, *aimable.*

Asseyez-vous monsieur, il y en a pour un moment.

LE CLIENT, *naïvement.*

J'espère bien. J'adore regarder la peinture. Mais si vous permettez, monsieur, de temps en temps, je me lèverai. Oui, suivant les cas, à mon avis, il vaut mieux regarder assis ou debout.

LE DIRECTEUR

C'est tout à fait exact.

Arsène apporte d'abord un chevalet qu'il place le dos au public. Le client, étant face au public, sera censé voir les tableaux qui lui seront présentés.

Puis Arsène apporte un tableau, assez grand, qu'il pose sur le chevalet.

Que pensez-vous de celui-ci ? Il est d'un de nos maîtres les plus célèbres. Assez âgé aujourd'hui il est vrai. Mais un précurseur. Un prophète des temps nouveaux... Est-ce qu'il vous plaît ?

LE CLIENT, *regardant attentivement.*

Beaucoup. Énormément... Mais il me faudrait un peu plus de recul.

Il se lève et recule vers le fond de la scène en continuant à regarder.

Ah oui... oui... oui... bien, c'est bien ça... c'est bien ça !

LE DIRECTEUR

N'est-ce pas ? Qu'en pensez-vous ?

LE CLIENT

Eh bien ! je vais d'abord... essayer de décrire...

LE DIRECTEUR, *l'interrompant.*

Inutile de dire ce que vous voyez. Dites plutôt ce que vous éprouvez.

LE CLIENT

J'éprouve... j'éprouve... *(Gestes :)*... Comme un sentiment de plénitude, de profusion, de confusion aussi peut-être. Non, non, je dis bien : plutôt de profusion. C'est plein, c'est riche. Il y en a ! il y en a ! il y en a !

LE DIRECTEUR, *intéressé.*

Sont-« ils » si nombreux que cela ?

LE CLIENT

S'ils sont nombreux ? Ah ! là là ! une foule ! une multitude ! Et ça remue, et ça se tortille, et ça monte et ça descend...

LE DIRECTEUR

Continuez, je vous en prie, vous m'intéressez beaucoup.

LE CLIENT, *il accompagne de gestes appropriés tout ce qu'il dit.*

Il y en a qui vont de bas en haut, d'autres de gauche à droite, ou en oblique... il y en a qui se croisent, qui se frôlent sans se toucher. Mais il y en a d'autres, ah ! là là ! ils n'y vont pas de mainmorte, ceux-là : ils se bousculent, ils se rentrent dedans. Et je te passe dessous, et je te passe dessus et les gros qui veulent tout écraser et les petits qui se rattrapent en courant très vite. Et zig et zag. *(S'animant de plus en plus :)*... et pif, paf, poum et pan à gauche et pan à droite et boum et padam et padadam... *(Il se met à rythmer ses pas comme un danseur de claquettes :)*... padadam, padam, padadam, padam, pa... pa... pa... pa... pada... padadam !

Il martèle le sol en tournant sur lui-même, en frappant dans ses mains.
Le manutentionnaire, les bras ballants, le regarde, hébété.

LE DIRECTEUR, *inquiet.*

C'est bon ! c'est bon ! Arrêtez-vous ! Arrêtez-vous ! vous allez attraper chaud !

LE CLIENT, *s'arrêtant, essoufflé, mais satisfait.*

Ah ! ça fait du bien... de... regarder de la peinture !

LE DIRECTEUR, *riant.*

On peut regarder avec plus de calme, non ?... Tenez ! *(Il frappe dans ses mains :)* Arsène ! Apportez le suivant.

Arsène décroche le grand « tableau », l'emporte dans la coulisse, revient porteur d'une toile un peu moins grande, en largeur, et la pose sur le chevalet.

Tenez. Pour celui-ci, je vous conseille de vous asseoir.

Le Client s'assied.
Un silence.

Alors ? Qu'en dites-vous ?

LE CLIENT

Ce que j'en dis ?

LE DIRECTEUR

Oui... Répondez franchement !

LE CLIENT

Franchement ?... Eh bien ! c'est tout le contraire de l'autre ! Tout le contraire.

LE DIRECTEUR

Ah ! vous voyez ! Je vous le disais bien.

LE CLIENT, *il paraît abattu, laisse tomber son bras.*

Ah alors, là ! tout le contraire. Ça c'est le désert, l'absence, la raréfaction. Quelle détresse ! Plus rien ! Pas un chat ! Vrai ! Il n'y a plus personne, ma parole !

LE DIRECTEUR

N'exagérons rien. Il y a encore du monde.

LE CLIENT

Peut-être ! Mais là, entre nous, n'est-ce pas, il ne faut pas mâcher les mots, ni se faire des illusions : ça exprime le vide... *(Geste désabusé :)*... un grand trou, un grand blanc ! *(Inquiet :)* Dites-moi si je me trompe, n'hésitez pas. C'est bien cela que le peintre a voulu exprimer, n'est-ce pas ?

LE DIRECTEUR

Sans doute, sans doute ! En tout cas pour ce qui est des formes indiquées. Mais la couleur, la couleur, vous ne m'en parlez pas ! N'est-ce pas que c'est splendide ?

LE CLIENT, *faisant la grimace.*

Peuh...

LE DIRECTEUR, *indigné.*

Comment ! peuh !... Vous m'étonnez. Vous êtes devant une œuvre reconnue pour le caractère, comment dire... surprenant, somptueux, du traitement chromatique... et...

LE CLIENT, *désabusé.*

Traitement... traitement... en tout cas c'est un traitement qui ne me réussit guère !

LE DIRECTEUR, *s'animant et s'approchant de la « toile ».*

Comment ! Vous ne voyez pas ces rouges grenat bordés de carmin, si particuliers à cet artiste ?

LE CLIENT, *secouant la tête.*

Vois pas de grenat !

LE DIRECTEUR, *presque en colère.*

Et ces vert pistache, et ces jaune citron ?

LE CLIENT, *même jeu, ou de mauvaise foi.*

Pas de pistache, pas de citron !

LE DIRECTEUR, *éclatant.*

Mais, ma parole, vous ne voyez rien, rien du tout !

LE CLIENT, *vexé.*

Je ne vois pas, peut-être, mais je vous entends ! Voulez-vous parler un peu moins fort, s'il vous plaît, monsieur ?

LE DIRECTEUR, *se calmant.*

Je vous demande pardon. Mais c'est une œuvre que je préfère entre toutes. Alors je la défends. Je la défends envers et contre tous.

LE CLIENT, *avec estime.*

C'est votre droit. Je dirai même que c'est votre devoir.

LE DIRECTEUR, *poussant un soupir.*

Enfin puisque vous n'aimez pas cela !... *(Frappant dans ses mains.)* Arsène, au suivant !... *(Au client :)* Mais vous y viendrez, j'en suis sûr !

Arsène emporte le tableau et en apporte un autre, plus petit, qu'il pose sur le chevalet.

LE DIRECTEUR

Celui-ci vous plaît-il davantage ? *(Le client paraît gêné.)* Qu'y a-t-il ? Parlez sans vous gêner. Nous commençons à nous connaître.

LE CLIENT, *comme honteux.*

Je n'oserai jamais.

LE DIRECTEUR, *bon enfant et jovial.*

Mais pourquoi donc ? Qu'est-ce qui vous arrête ? N'est-ce pas de la peinture et de la meilleure ? *(Le client fait un signe de tête approximatif et muet.)* Et alors ?

LE CLIENT,
après avoir regardé furtivement vers Arsène.

Voulez-vous que je vous le dise ?

LE DIRECTEUR

Parbleu ! Pourquoi non !

LE CLIENT

Vous y tenez absolument ?

LE DIRECTEUR

Absolument.

LE CLIENT

Alors, voulez-vous éloigner votre manutentionnaire ? Cela me gênerait qu'il m'entende.

LE DIRECTEUR

Quelle idée ! Enfin, puisque vous y tenez... Arsène ! voulez-vous vous éloigner un instant, je vous prie. Je vous rappellerai.

ARSÈNE

Bien monsieur.

Il s'éloigne.

LE DIRECTEUR, *comme frappé d'une idée soudaine.*

Ah ! je comprends. Vous voulez que nous parlions du prix de ces tableaux ?

LE CLIENT

Vous n'y êtes pas du tout !

LE DIRECTEUR

Alors je ne comprends plus.

LE CLIENT

Eh bien ! voilà : en regardant ce tableau, je ne peux pas m'empêcher de penser à des tas... de formes féminines, rondes, provocantes, dodues, assises, debout, couchées, offertes... je...

LE DIRECTEUR, *l'arrêtant avec colère.*

Assez ! Vous offensez la peinture ! D'ailleurs c'est absurde. Oui, absurde. Vous êtes devant le représentant le plus pur, le plus... absolu de la fameuse école dite... des « lignes droites » ! Alors, qu'est-ce que vous me chantez avec vos « formes féminines » ; c'est de la démence ! Ou de la mauvaise foi !

LE CLIENT, *redevenu humble.*

Pardonnez-moi, monsieur, si je vous ai choqué à ce point !

LE DIRECTEUR, *calmant peu à peu sa colère.*

Parfaitement, vous m'avez choqué !

LE CLIENT

Je ne l'ai pas fait exprès. Je suis sincère.

LE DIRECTEUR

Alors je commence à croire que vous ne voyez rien du tout... D'ailleurs je l'ai déjà dit.

LE CLIENT

Je n'y peux rien. Je suis jeune, moi... monsieur... Oui. Après tout, peut-être que n'importe quoi me suggérerait la même chose... aujourd'hui.

LE DIRECTEUR

Alors, vous vous êtes trompé de porte, monsieur. Ce n'est pas ici, chez moi, qu'il fallait venir ! *(Avec mépris :)* Il y a des « maisons » pour cela !

LE CLIENT, *plaintivement.*

Je vous prie de m'excuser, monsieur. Vous me faites de la peine. Car j'aime sincèrement la peinture.

LE DIRECTEUR

Je commence à en douter.

LE CLIENT

Non ! non, n'en doutez pas, monsieur. Et la preuve c'est l'intensité des impressions... comment dit-on aujourd'hui : psychosomatiques, érotiques, sadomasochistes, etc., que j'éprouve en regardant vos tableaux.

LE DIRECTEUR

Ça, c'est vrai !

LE CLIENT

Ah ! Vous voyez bien !... Alors... *(Gentiment :)* Vous oubliez mon erreur ?... Vous m'en montrerez d'autres ?

LE DIRECTEUR, *frappant dans ses mains.*

Arsène ! Vous pouvez revenir. Enlevez le tableau, occasion de ce regrettable malentendu !...

Arsène enlève le tableau, le pose le long du mur à gauche.

ARSÈNE, *au Directeur.*

Monsieur...

LE DIRECTEUR

Qu'y a-t-il ?

ARSÈNE

Dois-je montrer quand même celui qui... enfin que...

LE DIRECTEUR, *vivement.*

Non ! non, pas celui-là aujourd'hui. Ni le suivant. Sautez-en... trois, oui trois, dans la collection.

ARSÈNE

Alors, je reprends à la bataille de Waterloo ?

LE DIRECTEUR, *distrait.*

Oui, oui... c'est cela. — Comment ? — Ah oui, c'est cela ! *(Se reprenant, au client :)* Excusez-le, il a une manière bien à lui de reconnaître les tableaux.

Arsène apporte un tableau tout en largeur et de peu de hauteur.

LE CLIENT, *après avoir regardé en silence.*

Celui-là, celui-là eh ben ! on peut le dire : il est « comme ça » !

Il fait le geste d'étendre les deux bras en croix.

LE DIRECTEUR, *agacé.*

Évidemment !... Mais encore ?

LE CLIENT, *après avoir cherché.*

Eh bien, voyez-vous : tant qu'il y aura des bûcherons, c'est comme cela qu'ils verront la forêt : couchée en travers de la route.

LE DIRECTEUR, *souriant.*

Vous m'amusez ! *(Il frappe dans ses mains.)* Continuons !

Arsène accroche un autre tableau, plus petit et plus carré.

Et celui-ci ?

LE CLIENT, *secouant la tête et se bouchant les oreilles.*

Le gros bourdon de Notre-Dame ne fait pas tant de bruit ! Un sacré vacarme !

LE DIRECTEUR, *même jeu.*

Un autre !

Arsène change de tableau.

LE CLIENT, *s'esclaffant.*

Un vrai déjeuner de soleil !

LE DIRECTEUR, *même jeu.*

Un autre encore.

Autre tableau plus petit.

LE CLIENT, *avec un sifflement d'admiration.*

Mâtin ! La fière allure ! *(S'inclinant :)* Excellence !

LE DIRECTEUR, *riant.*

Vous avez un mot pour chacun, cela me plaît. Arsène, un autre tableau, je vous prie !

Changement de tableau.

LE CLIENT, *contrefaisant la voix aiguë d'un enfant.*

Voyez-moi ce petit oisillon ! Ça gazouille déjà comme quatre !

LE DIRECTEUR

Un autre !

Nouveau tableau.

LE CLIENT, *pleurant presque.*

Hélas ! hélas !

LE DIRECTEUR

Un autre !

Nouveau tableau.

LE CLIENT

Bigre !

LE DIRECTEUR

Un autre !

Nouveau tableau.

LE CLIENT, *se levant brusquement et s'adressant au tableau.*

Ne t'en va pas sans moi !

LE DIRECTEUR

Un autre !

Nouveau tableau.

LE CLIENT, *avec dédain.*

Merci, jamais le soir !

ARSÈNE, *essoufflé.*

C'est une vraie corrida ! Une vraie salade. Vous allez me faire tourner la tête, à aller si vite.

LE CLIENT

Dix minutes d'arrêt. Buffet. Vous l'avez bien mérité.

LE DIRECTEUR, *ravi, s'appprochant du client.*

Monsieur, je suis charmé de vous connaître Avez-vous toujours envie de mes tableaux ?

LE CLIENT

Plus que jamais !

LE DIRECTEUR

Eh bien ! je crois que vous pourrez satisfaire votre envie : Je vous engage.

LE CLIENT, *abasourdi.*

Comment ? Que voulez-vous dire ?

LE DIRECTEUR

Votre façon d'animer ma collection me plaît. Vous parlez par images, vous « transposez ». Quel est votre métier ?

LE CLIENT

Danseur, ou plutôt : chorégraphe. J'anime des figures humaines, vivantes. J'habille la musique des maîtres, musiciens et poètes !

LE DIRECTEUR

C'est bien cela. Vous êtes habitué à faire parler tout votre corps. Au fond, c'est bien ainsi que font les peintres : tout le mouvement d'un homme vivant, cerveau compris, est concentré dans un geste : le geste de la main, que dis-je, de trois doigts de la main, de l'extrême bout du pinceau... Venez dans mon bureau, signer votre contrat.

LE CLIENT

Mais... que va dire ma famille ?

LE DIRECTEUR, *mezzo voce.*

Vous lui achèterez un Meissonier !

Rideau.

LA SOCIÉTÉ APOLLON

OU

COMMENT PARLER SCULPTURE

PERSONNAGES

MADEMOISELLE, *monitrice des « Conférences-Promenades » de la « Société Apollon », personne sèche et péremptoire ;*

DADAIS, *jeune homme niais et prétentieux ;*

NANINE, *sa sœur, jolie jeune fille, amoureuse d'Alphonse ;*

MADAME GOUFFRE, *grosse dame ridicule mais de bonne volonté ;*

MONSIEUR QUIDONC, *grand vieillard grave et décoré ;*

LE CHARMANT-PETIT-MÉNAGE, *deux êtres aimables et insignifiants ;*

ALPHONSE, *jeune étudiant sympathique, amoureux de Nanine ;*

Tous membres de la « Société Apollon ».

LA BONNE, *paysanne fruste et revêche.*

LE MAÎTRE, *front dégarni ; agité, l'air un peu fou, prétentieux, volubile, et assez vulgaire.*

PREMIER TABLEAU

Une petite place, quelque part vers Montmartre. Un banc, un arbre, un réverbère. Ce tableau peut aussi se passer simplement devant le rideau. Mademoiselle est seule, assise sur le banc. Arrivent Dadais et sa sœur.

DADAIS, *timidement, à Mademoiselle.*

La « Société Apollon », s'il vous plaît ?

MADEMOISELLE, *péremptoire.*

La « Société Apollon », c'est moi.

DADAIS

Ah ! bien, madame ! Enchanté, madame ! Je vous présente mes hommages, madame !

MADEMOISELLE, *rectifiant.*

Mademoiselle, appelez-moi Mademoiselle !

DADAIS

Ah ! bon, madame ! Pardon, Mademoiselle ! Mademoiselle comment ?...

MADEMOISELLE, *négligemment.*

Qu'importe !

DADAIS

Mademoiselle Quimporte ? Bon ! Je vais vous présenter à ma sœur... Mademoiselle, je vous présente ma sœur. Ma sœur s'appelle Nanine.

NANINE

Mes respects, mademoiselle.

MADEMOISELLE

Bonjour, mademoiselle.

DADAIS

Tu vois, Nanine : c'est Mademoiselle, Mademoiselle Quimporte, qui va diriger aujourd'hui la conférence-promenade de la « Société Apollon »... Vous nous excuserez, Mademoiselle, nous sommes un peu en retard, Mademoiselle.

MADEMOISELLE

En tout cas, vous êtes moins en retard que... ceux qui le sont davantage. Tout le monde devrait être là depuis dix minutes au moins !... Ah ! voici quelques autres membres de notre Société. *(Arrivent en courant : Madame Gouffre, grosse dame avec un petit chapeau ridicule ; Monsieur Quidonc, vieux monsieur, genre mili-*

taire retraité, grand, maigre, avec une rosette de la Légion d'honneur, puis le Charmant-petit-ménage : l'air banal et gai, les joues roses, le mari et la femme se tiennent par la main et disent les mêmes choses en même temps.) Bonjour Madame Gouffre, bonjour Monsieur Quidonc... Et voici notre Charmant-petit-ménage !... Allons, vous avez couru, votre retard est donc pardonné !

MADAME GOUFFRE, *encore essoufflée.*

Pensez donc, Mademoiselle !... Plutôt que de... manquer nos séances du dimanche... j'aimerais mieux... j'aimerais mieux...

MONSIEUR QUIDONC,
très grave et très galant.

... mourir, peut-être ?

MADAME GOUFFRE

Oui, c'est cela : j'aimerais mieux mourir que de manquer nos séances ! Pensez donc : tous ces musées, sous votre... sous votre...

MONSIEUR QUIDONC, *même jeu.*

... férule ?

MADEMOISELLE, *protestant.*

Oh non, pas de férule entre nous !

MADAME GOUFFRE

Bien sûr !... Je voulais dire : sous votre conduite, oui, sous votre conduite, j'apprends tant de choses !

MADEMOISELLE

Vous vous calomniez, Madame Gouffre : vous savez beaucoup plus de choses que vous n'en avez l'air.

LE CHARMANT-PETIT-MÉNAGE,
ensemble.

Nous, ce qui nous plaît, c'est de nous lever de bon matin et de faire des kilomètres dans les salles des musées.

DADAIS, *candide et légèrement prétentieux.*

Mais alors, c'est du sport, ce n'est plus de l'art !

MONSIEUR QUIDONC, *toujours très grave.*

Le sport et l'art ont toujours été associés : voyez les Grecs !

MADAME GOUFFRE

Parfaitement ! D'ailleurs, ne sommes-nous pas la « Société Apollon » ?

MADEMOISELLE

Eh bien, je vais peut-être vous décevoir les uns et les autres. Aujourd'hui, pas de musée !

DADAIS

Comment ? On a des vacances ?

MONSIEUR QUIDONC

Jeune homme, une pareille exclamation n'est pas digne de vous.

MADEMOISELLE

Je veux dire qu'aujourd'hui, notre conférence-promenade ne nous entraînera pas dans un musée, mais dans un atelier...

MADAME GOUFFRE, *déçue.*

Oh ! Un atelier de couture ?

MADEMOISELLE

Non, Madame Gouffre, tout autre chose ; un atelier d'artiste.

LE CHARMANT-PETIT-MÉNAGE, *battant des mains.*

Un atelier ! Un atelier ! Comme ça va être amusant !

MADEMOISELLE

Oui, un atelier de sculpteur. D'un sculpteur très moderne..

MONSIEUR QUIDONC,
d'une voix caverneuse.

Dommage ! Je n'aime pas le moderne.

NANINE

Tant pis pour vous ! Moi, je n'aime que ça !

DADAIS

Nanine, voyons ! Ne parle donc pas à la légère !

MADEMOISELLE

Je suis sûre qu'après quelques explications, vous serez tous du même avis que Nanine, même Monsieur Quidonc.

LE CHARMANT-PETIT-MÉNAGE

Alors, allons-y, à l'atelier du sculpteur !

NANINE, *précipitamment.*

Attendez ! Je crois qu'il manque quelqu'un.

DADAIS

Nanine, voyons !

Nanine rougit et se tait. Arrive le jeune Alphonse.

MADAME GOUFFRE

Quand on parle du loup...

ALPHONSE, *saluant.*

Excusez-moi, Mademoiselle ! Comme je n'habite pas loin d'ici, je ne me suis pas méfié et...

MADEMOISELLE

Nous n'attendions plus que vous, jeune homme. Nous vous attendions d'autant plus que vous connaissez bien le quartier : c'est vous qui devez nous aider aujourd'hui à trouver notre chemin.

ALPHONSE, *saluant successivement tout le monde.*

Très volontiers !... Madame ! Monsieur ! Madame et monsieur !... Bonjour, Nanine !

NANINE, *à mi-voix.*

Alphonse, vous n'êtes pas sage, vous vous êtes fait attendre !

ALPHONSE, *bas à Nanine.*

Pourtant, je ne viens que pour vous. *(Haut et sèchement à Dadais.)* Bonjour, ça va ?

DADAIS, *sèchement.*

Bonjour, Alphonse.

MADEMOISELLE

Je répète pour notre jeune étudiant : la « Société Apollon » rend visite ce matin à un sculpteur moderne... Certains d'entre vous seront peut-être quelque peu... déroutés par la manière originale de cet artiste. Il appartient à l'école dite « Soustraite ». Oui : soustraite à la réalité ! Il faut que vous vous rappeliez ce que je vous ai dit l'autre jour de la Forme.

DADAIS, *vite, comme récitant une leçon.*

La Forme n'est pas le Sujet.

MADEMOISELLE

Parfait ! En art, le sujet n'est que le prétexte, le support de la Forme. De nos jours, certains artistes ont rejeté le sujet. Délibérément. La représentation des objets ne les intéresse plus...

Tout le monde entoure Mademoiselle, qui continue à parler au second plan. Seuls Nanine et Alphonse se détachent du groupe et viennent au premier plan.

NANINE

Vous êtes quand même gentil d'être venu.

ALPHONSE

Oh ! ce n'est pas pour entendre le cours de cette brave Mademoiselle ! J'en sais plus long qu'elle sur tout cela.

NANINE, *avec admiration.*

Bien sûr ! Quand on prépare un certificat d'esthétique !

ALPHONSE, *tendrement.*

Le plus beau cours d'esthétique, c'est vous qui me le donnez, Nanine !... Vous avez une jolie robe !

NANINE, *ravie.*

Vous trouvez ? Allons, soyez sage, venez !

Elle le prend par la main, ils rejoignent le groupe.

MADEMOISELLE, *continuant son explication.*

Ainsi donc, plus de visage ! Plus de corps humain ! Plus d'objets reconnaissables ! Et voilà pourquoi ces artistes, qu'ils soient peintres ou sculpteurs, sont appelés « non-corporatifs ».

MADAME GOUFFRE

Une sculpture sans corps humain, ça doit être... terrible ?

MONSIEUR QUIDONC, *très grave.*

Terrible ! Absolument terrible !

LE CHARMANT-PETIT-MÉNAGE

Tant pis ! On verra bien ! N'ayons pas peur ! Le tout est de s'habituer, n'est-ce pas ?

MADEMOISELLE

Vous verrez : je suis sûre de vous convaincre... Allons, mesdames et messieurs, veuillez passer par ici... Vous voyez, là-bas, cette série de maisons basses entourées de petits jardins identiques : le Maître a son atelier dans une de ces maisons.

DADAIS, *avec candeur.*

Alors, il y a un sculpteur dans chaque atelier ?

ALPHONSE, *haussant les épaules.*

Mais non, il n'y a pas que des sculpteurs ! On trouve là aussi des peintres, des architectes, même des ingénieurs, des inventeurs... et des musiciens. En été, quand les fenêtres sont ouvertes, j'entends quelquefois...

MADEMOISELLE

Bon ! Bon, bon ! Pour le moment il ne s'agit pas d'entendre, mais de voir. *(S'adressant à Alphonse.)* Ainsi donc, mon jeune ami, puisque vous connaissez bien cette cité d'artistes, veuillez, je vous prie, nous conduire ! Nous risquerions de nous égarer... Mesdames, messieurs, partons ! Le Maître nous attend.

DEUXIÈME TABLEAU

Un atelier. Au fond, la porte d'entrée. Vers la droite, bien en évidence, une sellette surmontée d'une armature géométrique en fer, de forme indéfinissable, mais très schématique : une tige centrale et verticale, d'où partent une roue dentée et deux ou trois bras coudés à angle droit. Une table à dessin, des tabourets, des outils épars. Aux murs, des épures sans signification précise.

On sonne, la Bonne apparaît côté jardin et traverse l'atelier. Elle ouvre la porte. Entre Mademoiselle, suivie bientôt de tout le groupe.

MADEMOISELLE

Le Maître est-il là ?

LA BONNE, *très fruste.*

Non, il est pas là.

MADEMOISELLE

Comment ! Ah ! que c'est contrariant !... Pourtant, il était bien prévenu de notre visite ? Nous sommes la « Société Apollon ».

LA BONNE

J' sais pas, moi ! Il vient de sortir. Il a rien dit.

MADEMOISELLE

Mais, sans doute va-t-il revenir bientôt ?

LA BONNE

Dame, j'en sais rien.

MADEMOISELLE

Pouvons-nous l'attendre un moment ?

LA BONNE

P't-être bien que oui ! Vous pouvez l'attendre.

MADEMOISELLE

C'est bon, je vous remercie... *(La Bonne s'éloigne. S'adressant à Alphonse.)* Et je remercie aussi notre jeune ami de nous avoir si bien pilotés à travers les méandres de ce labyrinthe des arts !... *(S'adressant au groupe.)* Mesdames et messieurs, le Maître est donc sorti, mais va revenir dans quelques minutes. En l'attendant, nous pouvons commencer la visite de son atelier. Les œuvres d'un grand créateur parlent suffisamment d'elles-mêmes !... *(Elle jette un coup d'œil sur l'atelier. Son regard s'arrête sur la sellette. Elle paraît saisie d'une forte émotion.)* Tenez ! Nous avons de la chance ! Voici une œuvre qui doit tout de suite retenir notre attention. Elle est très caractéristique, très représentative de la manière du Maître ! Oui, regardez ! Là, sur cette sellette !

MADAME GOUFFRE

Oh ! quelle drôle de chose !

MADEMOISELLE, *sévère.*

Non, madame ! Ce n'est pas « drôle » : c'est beau ! C'est très beau !

DADAIS, *s'approchant de la sellette.*

Est-ce que c'est une... Forme ?

MADEMOISELLE

Bien sûr, une Forme ! Et quelle Forme ! C'est *La Forme,* dans toute sa splendeur ! La Forme pure !

MONSIEUR QUIDONC

Ma foi, je ne vois rien là qu'un peu de ferraille !

MADEMOISELLE

C'est le miracle de l'Art, monsieur ! Un peu de couleur... et c'est la Peinture...

LE CHARMANT-PETIT-MÉNAGE, *enchaînant.*

... Un peu de sons... et c'est la Musique !...

MADEMOISELLE, *enchaînant à son tour.*

... Un peu de ferraille, ou un peu de terre... et c'est la Sculpture ! Rappelez-vous ce que je vous ai dit : pour un sculpteur « non-corporatif », il n'est plus nécessaire de s'embarrasser d'un corps humain, d'un sujet... concret, tel que l'homme...

MONSIEUR QUIDONC, *se penchant avec raideur, mais avec galanterie.*

... ou la femme !

MADEMOISELLE

Il n'y a plus que des volumes.

MADAME GOUFFRE, *se méprenant sur le sens du mot et regardant autour d'elle.*

Mais où sont-ils, les volumes, ici ?

MADEMOISELLE, *faisant semblant de n'avoir pas entendu et enchaînant.*

Ici, il n'y a *même plus* de volume : l'Art parvient enfin à l'essence même de son expression ! Qu'importe le volume, puisqu'il y a le Contour ! Le Contour qui est antérieur au Volume, dans l'absolu de la Vérité platonicienne, le Contour, qui n'est plus qu'un signe, le signe magique... faisant apparaître, pour ainsi dire, en « négatif », l'infinie possibilité des formes et des mouvements au sein de la Création...

Elle continue à parler sans que l'on distingue ses paroles, tandis que Nanine et Alphonse se détachent du groupe.

ALPHONSE, *étrangement et férocement joyeux.*

Écoutez-la ! Je suis au comble de la joie.

NANINE

Que voulez-vous dire ?... Allons, Alphonse, ne soyez pas méchant. Elle est très calée, Mademoiselle !

ALPHONSE

Elle parle pour ne rien dire ! Elle sera bien attrapée quand...

DADAIS, *sévère, appelant sa sœur.*

Nanine ! Qu'est-ce que tu fais ? Viens donc écouter, voyons !

Nanine et Alphonse rejoignent le groupe.

MADEMOISELLE, *continuant.*

... Toute la subtilité consiste donc à laisser entrevoir *ce que pourrait être un volume,* à partir d'un contour donné...

MONSIEUR QUIDONC

Mais alors, c'est un dessin, une simple ligne ?

MADEMOISELLE, *méprisante, désignant la sellette.*

Avez-vous jamais vu une ligne se tenir debout dans l'espace, comme ceci ?

MONSIEUR QUIDONC, *médusé.*

C'est pourtant vrai !

MADEMOISELLE

Une ligne, sans doute ! Mais une ligne dont on peut faire le tour, alors qu'une ligne dessinée sur une feuille de papier ne peut être vue que d'un seul côté.

DADAIS, *très fier de ce qu'il vient de trouver.*

Ou à l'envers, en la regardant dans une glace.

ALPHONSE, *bas à Nanine.*

Il est complètement stupide !

NANINE, *vexée, bas.*

Taisez-vous, c'est mon frère, tout de même !

MADEMOISELLE

D'ailleurs, je vous invite à faire lentement le tour de cette œuvre, que je n'hésite pas à qualifier de chef-d'œuvre ! Mais attention, allez doucement, pour ne perdre aucun détail !...

Elle s'avance vers la sellette et en fait lentement le tour, suivie, en file indienne, des autres membres du groupe. Seuls Nanine et Alphonse restent à la même place et parlent tendrement à voix basse.

LE CHARMANT-PETIT-MÉNAGE, *étourdiment.*

C'est gentil, ici, il y a de la lumière !

MADEMOISELLE, *éclatant.*

Et c'est tout ce que vous trouvez à dire : « C'est gentil, ici », alors que vous contemplez une des œuvres maîtresses de la sculpture contemporaine ! Un peu de respect, je vous prie !

LE CHARMANT-PETIT-MÉNAGE

Oh, pardon, Mademoiselle, on a été distraits !

MADAME GOUFFRE,
marchant sur la pointe des pieds et retenant son souffle.

Comme c'est curieux ! On dirait que cette... chose tourne en même temps que nous !

MADEMOISELLE

Voilà une juste remarque ! C'est le propre de l'art du statuaire de donner cette impression : une bonne sculpture, contemporaine ou non, paraît toujours tourner dans le même sens que celui qui tourne autour d'elle.

MONSIEUR QUIDONC, *profond.*

Ou qui tourne en sens inverse !

MADEMOISELLE

Ou en sens inverse, selon les cas ; c'est exact !

Ils tournent un moment en silence autour de la « statue ».

DADAIS

Puis-je me permettre une observation ?

MADEMOISELLE

Je vous en prie.

DADAIS

Je trouve que ce qu'il y a de plus remarquable dans cette sculpture, c'est qu'on peut... voir le jour au travers !

MADEMOISELLE

Très juste. Vous observez en effet que la grande infirmité de la sculpture, d'ordinaire, c'est son opacité ! Celle-ci, au contraire, grâce à sa minceur, nous permet d'atteindre directement l'essence de sa forme, cette essence qui, par rapport aux trois dimensions des objets visibles, constitue, en somme, l'expression typique de la quatrième dimension...

MONSIEUR QUIDONC

La quatrième dimension ? C'est terrible. Je vous le disais bien, c'est terrible !

LE CHARMANT-PETIT-MÉNAGE,
avec respect.

La quatrième dimension, fichtre !

ALPHONSE, *faisant l'idiot,*
s'adressant à Mademoiselle,
pour lui tendre un piège.

On parle beaucoup aussi, en ce moment, de la cinquième dimension, n'est-ce pas, Mademoiselle ?

MADEMOISELLE

Sans doute, sans doute ! Mais elle est encore très mal connue !

ALPHONSE, *bas, à Nanine.*

Elle tombe dans tous les pièges.

NANINE, *même jeu,*
avec un reproche plein de tendresse.

Alphonse ! Je vous déteste !

A ce moment, la porte s'ouvre. La Bonne apparaît, en train d'essuyer une casserole, et annonce tout de go.

LA BONNE

Voilà monsieur !... *(A la cantonade.)* Monsieur, c'est une société qui est venue pour visiter vot' atelier !

Le « Maître » apparaît. Pour jouer au grand seigneur, il remet son manteau et son chapeau à la Bonne qui, toute surprise, laisse tomber sa casserole.

LE MAÎTRE, *avec une hauteur affectée.*

Anne-Marie ! Voyons, faites attention !

La Bonne, interloquée, se retire.

LE MAÎTRE, *s'avançant vers le groupe.*

Très flatté, mesdames et messieurs, de votre visite. A qui ai-je l'honneur ?

MADEMOISELLE

Maître, je me permets de vous présenter le Groupe Apollon, dont je suis la monitrice. Nous sommes fiers de pouvoir admirer ici même vos dernières créations, et nous vous remercions de votre accueil.

LE MAÎTRE

Du tout, du tout, c'est la moindre des choses ! Regardez... Promenez-vous... Vous êtes ici comme chez vous !

ALPHONSE, *bas, à Nanine.*

Faites bien attention à ce qui va se passer !

MADEMOISELLE

Maître, puisque nous avons la chance de vous rencontrer... serait-ce beaucoup vous demander que... de vous inviter à nous donner quelques explications...

LE MAÎTRE

Des explications ! Volontiers, mais à quel sujet ?

MADEMOISELLE, *désignant avec un mélange de respect et d'effroi l'objet qui est sur la sellette.*

Au sujet de... ceci !

LE MAÎTRE

Si vous voulez !

Il s'approche de la sellette et se place à côté d'elle, face au public.

MADEMOISELLE

Approchez, mesdames et messieurs, et écoutez bien. J'espère que les paroles du Maître se graveront dans votre mémoire !

Le groupe s'approche, avec Mademoiselle en tête, et attend avec respect. Alphonse et Nanine se cachent derrière les autres.

LE MAÎTRE, *prenant une pose avantageuse et pérorant.*

J'ai longtemps réfléchi avant d'arriver à concevoir ce que vous voyez ici... Bien des soucis m'ont retardé ! Et surtout, j'avais la conviction que ma pensée n'était pas encore mûre ! La maturité de la pensée : tout est là ! Une idée germe dans votre esprit : deviendra-t-elle quelque chose ou rien ? Cela dépend en partie de vous-même, mais en partie aussi des circonstances étrangères à l'idée : votre santé, le temps qu'il fait, une histoire d'amour, des difficultés d'argent, que sais-je ?...

Mademoiselle et Madame Gouffre prennent des notes.

LE MAÎTRE

Ne prenez pas de notes, je vous en prie ! Tout cela, ce ne sont que des confidences si intimes ! *(Poussant un soupir.)* Ah, si vous saviez ! Si vous saviez par quelles tortures j'ai passé, avant de concevoir ce fragile ouvrage !... *(Familier.)* Tout d'abord, il s'est posé pour moi des questions d'équilibre : les masses devaient être proportionnées de part et d'autre de l'axe central... *(Il fait des gestes explicatifs en désignant diverses parties de l' « objet ».)* ...de manière à permettre un balancement harmonieux...

NANINE, *bas, à Alphonse.*

Comme il parle bien !

ALPHONSE, *même jeu, avec ironie.*

Attendez la suite !

LE MAÎTRE, *continuant.*

La création d'un objet — si modeste soit-il — pose, en effet, des problèmes que vous ne soupçonnez pas !... Surtout quand il s'agit d'un objet usuel.

La stupéfaction se peint, peu à peu, sur tous les visages. Alphonse, au comble de la jubilation, pousse du coude Nanine.

MADEMOISELLE, *avec précipitation et une admiration trop appuyée, comme pour secouer une idée fâcheuse.*

Voyez, mesdames et messieurs, la modestie du Maître : un objet usuel !

LE MAÎTRE, *continuant, d'abord lentement, comme cherchant ses mots.*

Enfin, après mille tâtonnements... mille essais infructueux... dont le récit serait trop long... je parvins à... concevoir le modèle que voici : c'est le prototype, non encore industrialisé *(ici, son débit, s'accélérant, devient exactement celui d'un bonimenteur de foire)*, d'une moulinette à capsules interchangeables, permettant ins-tan-ta-né-ment — et dans les cuisines les plus humbles comme les plus luxueuses — de convertir les carottes les plus dures, les navets les plus intrépides, les pommes de terre les plus inattaquables en toutes sortes de croquettes, tortillons, frisons, spirales, bâtonnets, et autres brimborions comestibles, tant pour parfumer le potage que pour orner les rôtis et les volailles de toutes conditions ! Mesdames et messieurs *(il fait les gestes appropriés à sa démonstration)*, il suffira d'appuyer avec la main gauche sur la manette que voici, tout en ayant soin de maintenir solidement la poignée de la tige centrale au creux de la main droite, et d'introduire hardiment le légume réfractaire, puis d'imprimer à la roue que voici un mouvement d'arrière en avant, dit mouvement de rotation, pour que, de l'autre côté de l'appareil, vous voyiez apparaître les savoureux objets de votre gourmandise familiale et de votre appétit personnel. *(Saluant.)* Mesdames et messieurs, je vous remercie; vous pourrez sans doute admirer les premiers exemplaires industriels de ce prototype au prochain Salon de la Cuisine bourgeoise, entre mon protège-côtelettes en caoutchouc galvanisé, ma bouteille inépuisable et mon rince-oreilles pour chiens...

Scène muette : Mademoiselle est sur le point de se trouver mal. Monsieur Quidonc paraît indigné. Madame Gouffre lève les bras au ciel. Le jeune ménage pousse des cris d'horreur. Alphonse et Nanine, en riant, s'esquivent prudemment les premiers et tout le monde les suit pendant que le Maître continue à saluer et à débiter avec volubilité des syllabes confuses où l'on ne discerne que quelques mots par-ci, par-là.

Rideau.

L'ÎLE DES LENTS
ET L'ÎLE DES VIFS

OU

LE RALENTI
ET L'ACCÉLÉRÉ

PERSONNAGES

LE RÉCITANT.

MONSIEUR PIC, *directeur de la compagnie d'aviation commerciale.*

MADAME PIC.

LILI, *fille de Monsieur et Madame Pic.*

MONSIEUR ÉGLOGUE, *directeur de la compagnie de navigation à voile.*

SOSTHÈNE, *étudiant en philosophie, fiancé de Lili.*

LE RÉCITANT

Vous savez tous ce que c'est qu'un « ralenti » au cinéma : un homme qui courait devient soudain un personnage de rêve, une sorte de fantôme effleurant à peine le sol, avec des gestes gracieux et mous...

Et un « accéléré », vous savez aussi ce que c'est : un homme marchait tranquillement et le voici tout à coup qui pique un galop ridicule, avec des gestes saccadés, comme une marionnette en délire !

Quant à l'enregistrement des sons, il ne nous offre pas moins de surprises : la même voix peut devenir, lorsqu'on la ralentit, un grondement d'outre-tombe ou, lorsqu'on l'accélère, un jacassement suraigu.

Est-ce que ce sont de simples « apparences » ? Ou bien est-ce que ces rythmes excessifs ne sont pas l'écho — ou le pressentiment — d'un monde où tout se passerait *réellement* selon le rêve de nos machines ? Un monde où les fantaisies techniques du cinéma et de la radio deviendraient réalité ?

Qui nous dit qu'il n'existe pas, sur cette terre (ou ailleurs!) deux nations voisines dont l'une serait « ralentie » et l'autre « accélérée » ?

Voici quelques scènes de la vie, telle qu'elle est vécue par les naturels de ces deux pays : *L'île des Lents* et *L'île des Vifs.*

Musique.

Nous sommes dans le grand salon du palais de Monsieur et Madame Pic. Monsieur Pic dirige une des plus importantes entreprises de l'île des Vifs, une grande compagnie d'aviation commerciale.

Leur salon est luxueux et moderne. Détail curieux : tous les meubles sont pourvus de roulettes, afin de pouvoir être déplacés avec rapidité.

Brusquement, entrant par deux portes opposées, Monsieur et Madame Pic font irruption dans la pièce. Leurs gestes sont rapides et saccadés.

Ils parlent d'une voix « accélérée et aiguë ».

MONSIEUR PIC

Que pensez-vous de cela, madame Pic ?

MADAME PIC

Quoi donc, monsieur Pic ?

MONSIEUR PIC

C'est tout à fait incompréhensible, tout à fait incompréhensible, tout à fait incompréhensible !

MADAME PIC

Quoi donc, quoi donc, quoi donc ?

MONSIEUR PIC

Vous savez bien, vous savez bien que j'ai envoyé avant-hier un de mes avions dans l'île des Lents pour aller chercher le fils de mon vieil ami, le jeune philosophe Armand-Sosthène Églogue qui doit épouser notre fille Lili ?

MADAME PIC

Oui, oui, oui. Eh bien ? Eh bien ?

MONSIEUR PIC

Comment : eh bien ? Comme vous avez l'esprit lent, madame Pic !

MADAME PIC, *très vite.*

Non, je n'ai pas l'esprit lent !

MONSIEUR PIC, *très vite.*

Si, vous avez l'esprit lent !

MADAME PIC

Non, je n'ai pas l'esprit lent !

MONSIEUR PIC

Si, vous avez l'esprit lent !

MADAME PIC

Admettons ! Mais alors, que voulez-vous dire ?

MONSIEUR PIC

Je dis que l'avion met une demi-heure à traverser la mer, je dis qu'il est parti avant-hier à onze heures et n'est pas encore revenu. Or, si tout s'était passé selon mes calculs, les fiançailles auraient dû avoir lieu avant-hier soir, le mariage hier matin et un petit enfant devrait déjà être au monde !

MADAME PIC

Il est vrai que Lili se désole. En ce moment elle pleure dans sa chambre.

MONSIEUR PIC

Vous voyez bien !

MADAME PIC

Qu'est-ce que je vois ?

MONSIEUR PIC

Rien ! Vous ne voyez rien et vous ne comprenez rien. Dieux, que vous avez l'esprit lent !

MADAME PIC

Admettons ! Alors que faire ?

MONSIEUR PIC

Asseyons-nous et attendons !

Une courte pause pendant laquelle on entend le tic-tac, lui aussi « accéléré » d'une pendule.

MONSIEUR PIC

Comme le temps passe lentement, quand on attend, ne trouvez-vous pas, madame Pic ?

MADAME PIC

Je trouve... tout ce que vous voudrez, mon ami.

De nouveau le tic-tac encore plus rapide. Puis deux chants d'oiseaux, rapides comme des salves de mitrailleuses et suraigus comme des sifflets.

MONSIEUR PIC

Qu'est-ce que c'est ?

MADAME PIC

Des oiseaux dans le jardin.

MONSIEUR PIC

Mais il y a autre chose, autre chose qui paraît ramper dans le jardin.

MADAME PIC

Les oiseaux ne rampent pas, mon ami !

MONSIEUR PIC

Je vous dis qu'il y a autre chose.

MADAME PIC

Ah je sais ! C'est le petit bruit des fleurs qui sont pressées de croître et de grimper. Ce sont des « roses-minute », des « iris-tempête », des « volubilis-express »...

Ronflement d'une auto qui arrive à toute vitesse, klaxonne, freine brusquement et s'arrête. Claquement de porte. Puis le bruit d'un pas très lent.

MONSIEUR PIC, *joyeux.*

Ah ! Voici enfin notre jeune invité !

MADAME PIC, *de même.*

Le voilà ! Le voilà ! Le voilà !

SOSTHÈNE, *voix « ralentie » et très grave.*

Mes chers fu-turs pa-rents, mes chers a-mis ! Comme je suis heu-reux de me re-trou-ver au-près de vous !

MONSIEUR PIC, *à toute allure.*

Dites-moi, Armand-Sosthène : avez-vous fait bon voyage ? Que s'est-il passé ? Pourquoi n'êtes-vous pas venu plus tôt ? Nous vous attendions avant-hier ! Vous n'avez pas eu d'accident ? Comment va votre père ? Avez-vous pris mon avion ? Nous étions inquiets, tous les trois, que s'est-il passé ? Répondez ! Répondez, voyons ! Nous avons hâte de vous entendre !

SOSTHÈNE, *riant, mais toujours lent.*

Mais vous ne me lais-sez pas le temps de vous répondre !

MONSIEUR PIC

Alors ?

MADAME PIC

Alors ?

MONSIEUR PIC

Alors ?

MADAME PIC

Alors ?

SOSTHÈNE

Eh bien, c'est tout simple : j'a-vais pris le ba-teau-à-voiles ! Je suis par-ti il y a quin-ze jours, j'ai fait une ex-cel-lente tra-ver-sée.

MONSIEUR PIC

Tous les mêmes, dans votre satané pays ! Incapables de suivre le progrès ! Quand donc enverrez-vous au magasin des accessoires, vos palanquins, vos chaises à porteur, vos chars à bœufs, vos bateaux à voiles ? Il faut être moderne, bon sang !

SOSTHÈNE

Nous sommes faits de la même é-toffe que nos plantes : ici, chez vous une fleur s'épa-nouit et se fane en deux heures. Chez nous, elle met un mois à é-clore. *(Bon enfant :)* Mais c'est le même so-leil qui nous é-claire !

MADAME PIC, *battant des mains.*

Bravo ! Bien dit ! Le même soleil ! Le même soleil ! le soleil de fiançailles n'est-ce pas, Sosthène ?

SOSTHÈNE

Exac-te-ment le mot ! Où est Lili, que je n'ai pas re-vue depuis tant de mois ? ... Mais entre-temps, je lui ai écrit, com-me vous le savez.

MADAME PIC

Je sais, je sais ! Et je sais aussi qu'elle vous a répondu.

SOSTHÈNE, *riant.*

Pourtant j'ai re-çu sa ré-ponse a-vant que ma lettre ne lui parvienne !

MADAME PIC

Très bien ! C'est donc comme si vous lui aviez répondu. Cela convient à un galant homme.

SOSTHÈNE, *soudain grave.*

Per-met-tez ! Je lui po-sais une ques-tion im-portante, à la-quelle elle au-rait pu ré-pondre, si ma lettre... lui é-tait ar-ri-vée... avant qu'elle ne m'écrive !

MADAME PIC

Mais puisqu'elle vous a répondu !

MONSIEUR PIC

Tu ne comprends donc pas ? C'est lui, Sosthène, qui a répondu, puisque Lili a reçu sa lettre longtemps après lui avoir écrit !

MADAME PIC

Alors pourquoi lui avoir posé une question, puisque c'était lui qui répondait !

MONSIEUR PIC, *énervé.*

Tu ne comprends décidément rien ! Il lui a répondu sans lui répondre, puisqu'il n'avait pas encore reçu sa lettre, voyons !

MADAME PIC

Oh ! Ton raisonnement est trop compliqué !

SOSTHÈNE, *conciliant.*

Monsieur Pic est habi-tu-é à calcu-ler très... très... très... ra-pi-de-ment !

MONSIEUR PIC, *flatté.*

Parbleu ! Ce n'est pas pour rien que je dirige depuis trente ans une compagnie aérienne ! Le calcul du départ et de l'arrivée des avions, en tenant compte des changements d'heures et de la vitesse de rotation de la terre, n'a plus aucun secret pour moi.

MADAME PIC, *inquiète.*

Tout cela ne nous dit pas quelle question vous lui posiez dans votre lettre. Rien de grave, j'espère ?

SOSTHÈNE, *gêné.*

Non ! Rien de grave. Mais il faut que je lui parle.

MONSIEUR PIC, *riant.*

Il est charmant ! Il dit qu'il faut qu'il lui parle ! Je voudrais bien voir un fiancé qui n'aurait pas envie de parler à sa fiancée !... Allons ! Madame Pic, dépêchons-nous : ces deux enfants devraient être ensemble depuis longtemps !

MADAME PIC

Je cours chercher ma fille.

SOSTHÈNE, *au comble de la lenteur.*

Voulez-vous que j'y aille moi-même ?

MADAME PIC, *au comble de la rapidité.*

Pourquoi, pour aller plus vite ? Ah ! la bonne plaisanterie !

MONSIEUR PIC

Il ferait beau voir qu'un naturel de l'île des Lents aille plus vite qu'un habitant de l'île des Vifs !

SOSTHÈNE, *avec malice.*

Souvenez-vous de la fable philo-so-phique de Zé-non d'É-lée : on prouve par le raisonne-ment qu'Achille, le héros aux pieds légers, ne peut rattraper à la course une tor-tue. Car, si l'on dé-com-pose la dis-tance par-cou-rue en pre-nant d'abord la moi-tié du che-min, puis la moitié de la moi-tié, puis...

MONSIEUR PIC

Allez vite, madame Pic ! Voilà notre philosophe parti dans ses spéculations. N'attendez pas qu'il ait fini... Tiens, mais voilà notre Lili ! Elle a dû entendre la voiture !

Pas rapide et léger de la jeune fille qui accourt.

LILI, *gaiement.*

Comment ! Vous êtes là, Sosthène ! Et l'on ne me le disait pas ! C'est insensé ! Moi qui désespérais de vous revoir !

SOSTHÈNE, *avec émotion et majesté.*

Ma Lili ! Vous voilà donc enfin !... *(A Monsieur et Madame Pic :)* Chers beaux-parents, vous permettez que je l'embrasse en votre présence ?

MONSIEUR PIC, *riant.*

Et même en notre absence ! N'est-ce pas, madame Pic ?

MADAME PIC

Parbleu ! Et nous vous prions de nous excuser, il y a tant de choses à préparer en un jour pareil : la cérémonie des fiançailles...

MONSIEUR PIC

Le bal, la fête de nuit, tout cela pour nos amoureux. Allons ! Nous vous laissons ! A tout à l'heure, mes enfants ! *(Un claquement de portes : ils sont partis.)*

LILI, *tendrement.*

Vite ! Vite ! Venez vous asseoir, Sosthène !

SOSTHÈNE

Chère Lili !... Je... ne suis pas venu... pour m'asseoir !

LILI

Mais vous vous assoirez quand même ; rien de plus fatigant que ces voyages au long cours, alors que l'avion supersonique c'est si reposant !... Tenez *(bruit de roulettes)* voici nos bons fauteuils à roulettes !

SOSTHÈNE

Aïe !

LILI, *riant.*

Quoi ! Vous vous êtes fait mal ?

SOSTHÈNE

Non, mais vos fauteuils sont tellement rapides ! J'en ai... les jambes... coupées !... Bref, chère Lili, vous avez bien reçu ma lettre, n'est-ce pas ?

LILI

Certes ! Je l'ai reçue ! Et je l'ai lue avec joie, puisqu'elle m'assurait de votre attachement... Mais qu'y a-t-il donc ? Vous paraissez soucieux. Vous n'avez plus rien à craindre de mes fauteuils, je les ai mis au cran d'arrêt.

SOSTHÈNE, *soupirant.*

Chère Lili. Mon attachement n'est pas moins vif aujourd'hui qu'hier, je vous assure !

LILI

Mais alors ? Pourquoi ce soupir ? Quelle raison de s'inquiéter ?

SOSTHÈNE, *nouveau soupir.*

Je vous écoute, Lili ! A côté des lour-des femmes de mon île vous re-pré-sen-tez la jeu-nesse, la vi-va-ci-té, la mu-sique ! En vous écoutant, je crois en-tendre un oiseau.

LILI

Auprès de vous, l'oiseau a trouvé son arbre, un grand chêne où reposer. Vous m'apportez la force et la sécurité de votre vieux pays. Ici, les hommes sont comme des enfants : taquins et turbulents... Vous êtes revenu, votre voix si grave et si calme me rassure, tout n'est-il pas pour le mieux ?

SOSTHÈNE

Non ! Lili ! Tout n'est pas pour le mieux... *(Un court silence.)* N'avez-vous rien remarqué dans ma lettre ?

LILI, *cherchant à se souvenir.*

Attendez!... Vous me parliez des coutumes de votre pays : de vos monastères où l'on gagne lentement l'Éternité, de vos ministères où l'on s'endort, de vos phalanstères où l'on maintient l'usage des vieux métiers, de vos Mystères enfin, qui se célèbrent dans la forêt, à la lueur des torches...

SOSTHÈNE

Que vous disais-je encore ?

LILI

Vous me parliez de l'Université, de votre passion croissante pour la Philosophie.

SOSTHÈNE

Nous y voilà ! Je vous disais qu'il me faudrait étudier pendant plusieurs années avant d'avoir conquis tous mes grades et obtenu le droit d'en-sei-gner... Hélas !... *(Nouveau soupir.)*

LILI

C'est exact ! Mais pourquoi s'attrister ? Lorsque nous serons mariés j'irai vivre auprès de vous, vous continuerez vos études et vous m'apprendrez la philosophie.

SOSTHÈNE

Non, Lili ! Ce n'est pas ainsi que les choses se passeront !

LILI

Pourquoi donc ?

SOSTHÈNE

Parce que... Parce que mon père s'y op-pose ! Il ne veut pas que je me ma-rie a-vant d'avoir reçu le titre de « maître à penser » (oui, c'est ainsi que l'on nomme, chez nous, un doc-teur en phi-lo-so-phie !)

LILI

Mais pourquoi cette absurde exigence ?

SOSTHÈNE

Ainsi le veut la Cou-tume dans notre île, l'amour et les é-tudes sont deux cho-ses que... l'on ne peut pas faire en mê-me temps !

LILI, *sur un ton de reproche.*

Vous auriez dû me prévenir. Pourquoi ne m'avoir pas dit tout cela ?

SOSTHÈNE

Je comp-tais sur la dernière ré-vo-lution de palais, mais elle a tourné court, à cause de l'hu-mi-dité du pays, qui a empêché les fusils de par-tir et les bombes d'é-clater !

LILI, *soupirant aussi.*

Eh bien, je vous attendrai, Sosthène, aussi long-temps qu'il le faudra !

SOSTHÈNE

J'espérais cette ré-ponse. Vous êtes bien la Lili que j'ai toujours connue : vive et cou-ra-geuse !

LILI

Mais que vont dire mes parents : ils attendaient notre mariage avec une touchante impatience !

SOSTHÈNE, *gêné.*

Pas seulement « touchante », Lili ! Il y a autre chose... que je te-nais à vous dire aussi...

LILI, *les larmes dans la voix.*

Oh ! Sosthène, qu'y a-t-il encore ? Quelle autre cata-strophe ? Ne craignez-vous pas de venir à bout de mes faibles forces ?

SOSTHÈNE, *avec douceur et lenteur.*

Un oiseau n'est pas fai-ble, Lili : il est plus fort pour faire face à la vie d'oiseau qu'un lion pour me-ner sa pau-vre vie de lion.

LILI, *fondant en larmes.*

Comme ils sont longs... les proverbes... de votre pays !

SOSTHÈNE, *la consolant.*

Là ! Là ! Mon oiseau ! Ne pleurez plus ! Ce qu'il me reste à vous dire concerne plus encore... les autres, que nous-mêmes.

LILI

Quels « autres » ?

SOSTHÈNE

Eh bien, votre père... et le mien.

LILI

Auraient-ils cessé d'être d'accord ?

SOSTHÈNE

Non, non ! Ils sont plus unis que jamais... Une amitié fondée... comment dirai-je : sur de so-lides pro-fits !

LILI, *avec force.*

Quoi ! Vous laisseriez entendre que... ?

SOSTHÈNE, *tristement.*

Oui ! Je laisse... entendre que.

LILI, *indignée.*

Si je comprends bien, nous serions, vous et moi, les enjeux d'une « affaire » ?

SOSTHÈNE

Pas absolument, puisque nous nous aimons. Mais notre amour, vous comprenez, est une excellente occasion de resserrer les liens entre la plus grande Société de Transports aériens de l'île des Vifs à la plus grande Compagnie de Navigation à Voiles de l'île des Lents.

LILI, *atterrée.*

Et moi qui ne me doutais pas de tout ce honteux profit ! *(Dégoût :)* On voudrait donc me « vendre » à votre père ?

SOSTHÈNE, *riant.*

Tout comme on voudrait que le vôtre « m'accepte » !

LILI

Quelle abomination !

SOSTHÈNE

Quoi que nous fassions, tout finira par cette alliance d'intérêts... puisque nous nous ai-mons !

LILI, *noblement.*

Pas avant que vous ayez terminé votre philosophie, Sosthène. Je vous donne ma parole ! Alors, vos appointements nous suffiront pour vivre, nous ne devrons rien à personne et plus tard...

SOSTHÈNE

Plus tard ?

LILI

Plus tard, quand nous serons riches, nous nous consacrerons à la pauvreté !

SOSTHÈNE, *riant.*

Voilà qui est parler avec noblesse ! J'aime voir mon oiseau en colère !

LILI

Je vous approuve, Sosthène, de tout mon cœur ; quant à mon père, il m'apparaît soudain sous les traits d'un affreux ouistiti ! Sosthène, il faut que vous partiez !

SOSTHÈNE

Je vais partir, ma pauvre Lili, mais nous pouvons déjà nous fiancer... en secret !

LILI, *à toute vitesse.*

Je vous donne ma foi, j'ai la vôtre, nous sommes fiancés ! *(Riant :)* Ah ! C'est que nous allons vite, dans notre île !

SOSTHÈNE, *riant aussi.*

Tout va lentement, chez nous, mais aussi les engagements n'en sont que plus solides !

LILI

Repartez. Repartez vite ! Partez dans votre grand bateau à voiles ! Les « bing-bing », les avions supersoniques de mon père bourdonneront en vain dans la stratosphère, au-dessus de votre voilier, car ils sont si rapides qu'ils ne peuvent plus distinguer ce qui va lentement.

SOSTHÈNE

Et, dans trois ans, je reviendrai et nous nous marierons !... *(D'une voix caverneuse et très lente :)* Lili, embrassez-moi, ma Lili !

LILI, *d'une voix suraiguë et précipitée.*

Sosthène, mon Sosthène ! Adieu ! mon ami !

Musique.

LE RÉCITANT

Sosthène est revenu dans son pays, l'île des Lents et les trois années ont passé. Le jeune homme a étudié, étudié ! Il a étudié avec tant de hâte que son vieux père ne le reconnaît plus. Oui, Sosthène a terriblement changé. On dirait que sa voix a « mué » comme celle d'un adolescent, mais en sens inverse : sa voix est moins grave qu'auparavant, de même que ses gestes sont moins lents. Il parle et agit maintenant comme on parle et comme on agit chez nous : plus vite que chez les « Lents », mais plus lentement que chez les « Vifs ».

MONSIEUR ÉGLOGUE PÈRE,
voix de basse grave et lente à souhait.

Mon fils ! Mon fils ! Est-ce l'amour qui t'a transformé à ce point ?

SOSTHÈNE, *voix normale.*

Peut-être, mon père ! Mais aussi la philosophie. Si je me déplace et si je parle plus rapidement qu'autrefois, c'est... parce que la pensée va plus vite que la lumière !

MONSIEUR ÉGLOGUE

Mais pourquoi donc aller si vite ? Toujours plus vite ? En serez-vous plus heureux ?

SOSTHÈNE, *sentencieux.*

Parce que nous approchons du règne de l'Esprit ! Alors, nous évoluerons comme des sylphes et nous ferons le tour de l'univers en moins de temps que n'en met une abeille pour faire le tour de sa ruche.

MONSIEUR ÉGLOGUE, *avec ironie.*

L'Esprit ! L'Esprit ! Es-tu sûr que ce soit « l'Esprit » seul qui parle par ta bouche ? N'est-ce pas plutôt le cœur ?

SOSTHÈNE, *docte.*

Le cœur bat toujours au même rythme, mon père, chez les « Lents » comme chez les « Vifs » et, certes, l'esprit humain n'est pas encore assez mûr pour se passer des battements du cœur.

MONSIEUR ÉGLOGUE

Ne détourne pas la conversation, mon fils ! Tu songes toujours à ta Lili, j'imagine.

SOSTHÈNE

Non seulement je pense à elle, mais je m'apprête à aller la voir promptement.

MONSIEUR ÉGLOGUE

Quand ?

SOSTHÈNE

Pas plus tard que demain !

MONSIEUR ÉGLOGUE

Alors je ferai préparer un de mes meilleurs trois-mâts et tu ne mettras que huit jours au lieu de quinze, pour traverser l'archipel et pour serrer enfin dans tes bras ta fiancée.

SOSTHÈNE

Je vous remercie, mon père, mais j'ai demandé au père de Lili de m'envoyer un de ses avions les plus rapides, un « bing-bing ».

MONSIEUR ÉGLOGUE

Quelle imprudence ! Un appareil qui met une heure à parcourir l'immense bras de mer qui sépare nos deux îles ! Alors que mes bateaux...

SOSTHÈNE

Cher père, pour retrouver Lili, je prendrai l'avion supersonique, mais notre vogage de noces, pour qu'il soit sans heurt et sans fin, nous le passerons sur un voilier au long cours et, sur des mers antiques, nous rêverons au rythme du silence...

Musique.

LE RÉCITANT

... Et Sosthène, cueilli au vol par un des plus rapides « bing-bing » de Monsieur Pic, partit pour retrouver Lili. Son père, Monsieur Églogue, fidèle aux traditions de son pays, agitait encore son mouchoir à carreaux sur la rive de l'île des Lents, que déjà l'avion de Sosthène touchait le sol de l'île des Vifs.

A sa descente d'avion, il eut une surprise désagréable. Une petite équipe d'hommes de main, à la solde de son beau-père, l'entoura, le ligota, le bâillonna et lui mit un bandeau sur les yeux, avant qu'il ait pu dire « ouf ».

Puis en un clin d'œil, il fut transporté dans le palais

de Monsieur et Madame Pic. Là on le débarrassa de ses liens. Mais on lui laissa toutefois le bandeau sur les yeux et les menottes aux mains.

On le fit asseoir, puis il attendit.

Au bout de quelques instants, un pas — un pas de femme, mais lent et comme hésitant — retentit dans la vaste salle.

Bruit de pas lents sur des dalles. Effet de « chambre d'écho ».

SOSTHÈNE

Qui est là ? On dirait que ce pas...

LILI, *voix de contralto.*

Quelle est cette voix ? Pourquoi m'a-t-on bandé les yeux, avant de me conduire ici ?

SOSTHÈNE

J'entends bien une voix de femme et ses inflexions me touchent d'une étrange façon, mais je ne la connais pas.

LILI

Quelle est cette voix inconnue, cette voix de jeune homme, qui me parle sur un ton si joyeux, avec des intonations si claires ?

SOSTHÈNE, *à voix haute et claire.*

Je suis Sosthène Églogue, docteur en philosophie de l'île des Lents, qui vient pour épouser sa fiancée, Mademoiselle Lili Pic.

LILI, *dans un cri.*

Ô Sosthène ! Est-ce donc vous ? Comme j'aime votre voix et ce débit rapide !

SOSTHÈNE

Oh ma Lili, comment avez-vous fait pour donner à votre voix cette gravité et cette émouvante lenteur, vous qui chantiez très haut comme l'alouette ?

LILI

J'ai appris à être patiente, Sosthène, pour vous attendre. Et, d'année en année, ma voix descendait et se ralentissait, comme aussi ma démarche. Vous aviez quitté une enfant, c'est une femme que vous retrouvez. Mais vous, Sosthène, que vous est-il arrivé ?

SOSTHÈNE

Moi, c'est l'impatience, Lili, qui m'a rendu plus vif et qui a éclairci ma voix. A force de m'élancer vers vous en pensée, j'ai perdu toute lourdeur et j'ai rajeuni, alors que tout le monde vieillit.

LILI

Nous voilà donc au juste diapason !

SOSTHÈNE

J'étais voix de « basse » je suis presque « ténor » maintenant !

LILI

J'étais « soprano léger », me voici bientôt « contralto » !

VOIX DE MADAME PIC,
toujours suraiguë.

Gardes ! Cela suffit ! L'épreuve a assez duré. Que l'on enlève les bandeaux des deux jeunes gens !

Glissendo de harpe.

MADAME PIC

Mes enfants ! Puisque vous voilà enfin réunis et accordés comme deux instruments de musique qui doivent jouer ensemble, nous célébrons vos noces dès demain.

MONSIEUR PIC, *triomphant et glapissant.*

Oui ! Embrassez-vous et réjouissez-vous car votre mariage consacre en même temps l'alliance de nos deux compagnies : dès demain un contrat d'association fera de vos bateaux à voiles et de nos avions supersoniques une seule et même compagnie : la Compagnie hydro-aérienne !

Petite fanfare ridicule, avec trompettes bouchées.

SOSTHÈNE, *avec force.*

Pardonnez-moi, mon cher beau-père, si je vous interromps, mais Lili et moi, nous n'avons pas du tout l'intention de servir de gages à vos alliances d'intérêt !

Les mêmes trompettes bouchées font entendre une petite sonnerie descendante et piteuse.

LILI, *avec décision.*

Oui, mon cher père : Sosthène a obtenu une place de professeur dans une des îles de notre archipel où l'on n'est ni lent ni vif, mais où la métaphysique est sous-développée. Nous partons demain et c'est là que sera célébré notre mariage.

MONSIEUR PIC, *furieux.*

Vous vous êtes moqués de moi ! Vous êtes insensés ! Je vous déshérite ! Fuyez !... Ou plutôt non, vous ne fuirez pas, car je vous interdis de monter dans mes avions !

SOSTHÈNE, *calme.*

Monsieur Pic, sachez que cela ne nous empêchera pas de partir !

MONSIEUR PIC

Ah ! Je vous entends, mon gaillard ! Vous croyez que vous pourrez emprunter les bateaux de votre père ? Mais c'est trop tard : la Compagnie hydro-aérienne, fondée à l'instant, vous interdira l'Eau, comme elle vous interdit l'Air !

LILI

Mon père, il nous reste les Ondes de la Radio, nous partirons par la Télégraphie sans fil. Nous partirons suspendus à notre voix, qui a retrouvé l'équilibre humain, entre le grave et l'aigu !

SOSTHÈNE

Oui, rien ne pourra nous atteindre, car nous serons dans l'insaisissable et inépuisable Instant Présent, entre le passé qui alourdit notre mémoire et l'avenir qui nous précipite vers la mort. « Ni Hier, ni Demain, mais Toujours », telle sera notre devise. C'est là que l'amour donne la main à la philosophie.

Finale musical gai et rapide.

UN FILM D'ART ET D'AVENTURES

OU

L'ART À LA PORTÉE DE TOUS

Cette esquisse comique peut être interprétée par un seul comédien, jouant le rôle de bonimenteur, avec l'aide d'un projectionniste (pour passer les diapositives) et d'un technicien du son (pour passer les disques).

Toutefois, il est possible aussi, pour souligner les effets burlesques — principalement dans la partie multilingue du début — de distribuer le texte du bonimenteur entre deux ou trois acteurs, à condition que les enchaînements soient très rapides et « enlevés » avec beaucoup d'exagération et de brio.

Le rideau se lève. On aperçoit au fond de la scène un écran de moyenne dimension.

Le Bonimenteur s'avance, salue, puis se place de côté, afin de laisser voir l'écran, qui reste d'abord obscur.

LE BONIMENTEUR

Mesdames, mesdemoiselles, messieurs !... *(Un temps, puis, farouche :)* Señoras, señoritas y señores !... *(Un temps, puis souriant :)* Ladies and gentlemen !

Le film que nous vous présentons ce soir... El film que os presentamos esta sera... The film that we are presenting to you,

— est intitulé : « Les galions du Commodore » ou « la caravelle sanglante »... is titled : « The galions of the Commodore » or « This Bloody Boat ».

C'est un film de grande aventure... C'e un' filmo di grand'avventura. Das ist ein gross-abenteuers-film.

Composé spécialement à l'intention des spectateurs espagnols... para los espectadores americanos... to the french spectators.

Toutefois, afin de vous aider à suivre l'action, laquelle est riche en péripéties, permettez-moi de vous en donner ici l'argument, à l'aide de quelques vues fixes tirées de la bande-image et de quelques airs de musique extraits de la bande-son. Vous aurez même la chance, grâce aux merveilleux progrès de la technique, de voir, de temps en temps, l'image synchronisée avec le son :

Voici donc le premier épisode de : « Les galions du Commodore. »

Nous nous trouvons d'abord en train de voguer dans une des mers du Sud (l'auteur, à dessein, ne nous dit pas laquelle) le long des rives d'une île tout à la fois rocheuse et enchanteresse.

Il frappe dans ses mains ; l'écran s'illumine ; aucune image n'est projetée mais on perçoit le papillotement caractéristique du défilement de la bande. En même temps, on entend un disque de musique hawaïenne : chants langoureux accompagnés à la guitare.

Il frappe à nouveau dans ses mains : l'écran s'éteint et le disque s'arrête.

À bord de la caravelle la « Léonarda », la belle Hilda de Castel-Castilho est appuyée sur le bastingage du gaillard d'avant...

Il frappe dans ses mains. Aussitôt apparaît sur l'écran une photographie en couleurs de « La Joconde ». En même temps, on entend le solo de hautbois de l'ouverture de « Guillaume Tell ».

Hilda de Castel-Castilho, comme vous pourrez le constater, est en proie à une rêverie profonde. *(Musique.)*

Mais à quoi rêve cette charmante jeune fille ?...

Il frappe dans ses mains. Le disque s'arrête. La Joconde disparaît et est remplacée par une photo de l'Apollon du Belvédère.

... au chevalier Apollonos del Belveder, capitaine des gardes du Roi, que vous voyez ici, dans sa salle de bains, en train de s'exercer, grâce à un sévère entraînement, au dangereux maniement des armes à feu.

Il frappe dans ses mains, l'image disparaît.

Cependant, sur l'entrepont, les matelots boivent, s'amusent et chantent les mâles et rudes refrains de leur pays.

Il frappe dans ses mains. L'écran s'illumine, sans image. On entend un air de Tino Rossi (en corse) accéléré, de telle manière que sa voix paraisse plus grêle et plus haute que nature. Il frappe de nouveau dans ses mains : la chanson s'arrête.

Mais bientôt un thème musical plus farouche encore, nous donne le pressentiment qu'il va se passer quelque chose de grave...

Il frappe dans ses mains. L'écran s'illumine sans image. On entend un passage de « La chevauchée des Walkyries » qui continuera pendant le paragraphe suivant.

C'est, qu'en effet, non loin de là, dans une crique de l'île des Sarcasmes, délaissant les belles indigènes...

Il frappe dans ses mains. La chevauchée des Walkyries s'arrête. Apparaît sur l'écran « Le French Cancan » de Toulouse-Lautrec, accompagné d'un air célèbre de la Belle Époque. Il frappe dans ses mains, le tableau disparaît, la musique s'arrête.*

... un chef-pirate, dont la mine patibulaire ne laisse présager rien de bon...

Il frappe dans ses mains. Apparaît sur l'écran le portrait d'Homme d'Antonello da Messina.

... monte sur son navire, fait hisser le drapeau noir et donne l'ordre de lever l'ancre.

Il frappe dans ses mains. Le portrait disparaît. L'écran reste vide, mais illuminé. Une voix rauque dans le haut-parleur crie des ordres.

* Par exemple : *Tiens, tiens voilà ma danseuse*
qui tombe amoureuse
d'un Municipal, etc.

LA VOIX DU CHEF-PIRATE

En avant, toute !... Droit sur le cap !... À l'assaut de la caravelle !... Bon sang de bon sang, je connais quelqu'un qui...

Le disque s'arrête. L'écran s'éteint.

LE BONIMENTEUR

Le reste de ses jurons se perd dans le bruit des vagues et le fracas du vent.

Que médite le sombre chef-pirate ? Hélas, décidé à enlever la belle Hilda de Castel-Castilho qui, sans se douter de rien, continue de rêver, appuyée sur le bastingage...

Il frappe dans ses mains : brève apparition de la Joconde sur l'écran et reprise, également brève, du solo de hautbois de « Guillaume Tell ».

... il rêve de la séquestrer dans un harem de la côte barbaresque.

Il frappe dans ses mains : brève apparition du « Bain turc » d'Ingres.

... jusqu'à ce qu'elle lui livre le secret des galions de son père, le riche armateur Don Ruis de Costo-Rico, que l'on aperçoit ici en train de vérifier sa comptabilité.

Il frappe dans ses mains. Apparaît sur l'écran le portrait d'Érasme par Holbein. En même temps on entend, par le haut-parleur, la voix cassée de l'armateur.

LA VOIX CASSÉE DE L'ARMATEUR

Dix maravédis, plus douze maravédouzes, égal vingt-deux maravédeux.

LE BONIMENTEUR, *avec attendrissement, tandis que la voix de l'armateur s'efface au second plan.*

Respectable vieillard, comment pourrais-tu te douter du drame qui attend ta fragile progéniture ? Ton sort m'attendrit au-delà de toute expression. Tiens, j'aime mieux cesser de te voir.

Il frappe dans ses mains. Le portrait d'Érasme disparaît, tandis que la voix de l'armateur remonte au premier plan.

LA VOIX CASSÉE DE L'ARMATEUR,
continuant de compter.

... Dix maravédis, plus cinq maravédinques, égal quinze maravédinzes.

LE BONIMENTEUR

Assez !

Il se bouche les oreilles. La voix de l'armateur s'arrête.

Mais laissons les deux navires de course, le bâtiment du sombre chef-pirate...

Le portrait d'Homme d'Antonello da Messina apparaît une seconde et disparaît.

... et la blanche caravelle de la jeune fille...

La Joconde apparaît une seconde et disparaît.

... lutter de vitesse dans les mers du Sud !

Pendant que les mots « lutter de vitesse », etc., sont prononcés, le portrait d'Homme et de la Joconde apparaissent successivement deux ou trois fois, de plus en plus vite, puis disparaissent.

Au même moment, dans un autre hémisphère (l'auteur, à dessein, ne nous dit pas lequel).
Un cheval au galop parcourt la campagne...

Il frappe dans ses mains. L'écran s'illumine sans image. On entend un disque de galop de cheval.

Qui chevauche si tard, par la pluie et le vent ? Non, ce n'est pas le père avec son enfant...

Il frappe dans ses mains, l'écran s'éteint, mais le galop continue à se faire entendre un moment puis se ralentit.

... Ce n'est autre que le Chevalier Apollonos del Belveder qui, ayant terminé ses exercices de gymnastique et ayant revêtu ses plus beaux atours, se rend chez sa maîtresse à cheval...

Inquiet, le bonimenteur fouille dans ses poches et en retire un bout de papier qu'il consulte rapidement.

...pardon : se rend, à cheval, chez sa maîtresse.
Il ne se soucie guère de sa lointaine fiancée, la pauvre Hilda del Castel-Castilho, dont le visage, trop carré à son goût, ne lui plaît décidément pas...

Apparition et disparition rapides de la Joconde.

Il ne songe qu'au plaisir, ce jeune débauché !... Arrivé dans la propriété de sa belle, il met pied à terre...

Claquement de mains. Apparaît une photo représentant un cheval tout seul, sans harnachement et au repos, par exemple dans une prairie ou bien la photo d'un cheval chinois, de l'époque Ming (en terre cuite vernissée).

...et se précipite...

Claquement de mains. Le cheval fait place au portrait de Charles Ier par Van Dyck.

...dans les appartements de sa maîtresse, qu'il trouve nonchalamment étendue sur un sofa...

Claquement de mains. Apparaît la « Maja vestida » de Goya. En même temps, on entend la barcarolle vénitienne des « Contes d'Hoffmann » d'Offenbach, qui durera... jusqu'à ce que je conseille d'arrêter !

... En un clin d'œil, la jeune femme s'est débarrassée de ses voiles...

Claquement de mains. La « Maja vestida » fait place à la « Maja desnuda ».

... Et les amants seraient déjà côte à côte en train de goûter...

Claquement de mains. La « Maja desnuda » disparaît de l'écran, remplacée par une plantureuse nature morte de Chardin ou, mieux, par une ennuyeuse nature morte d'Oudry ou de tel autre peintre solennel du XVII*e siècle.*

...en train de goûter, s'ils n'étaient interrompus par des cris, des bruits de bottes, le cliquetis des épées.

On entend, en effet, des voix rauques, des bruits de bottes, des cliquetis métalliques. Un bruit plus fort, choc d'un objet lourd, lancé sur une porcelaine qui se brise, semble avoir atteint la « nature morte », car celle-ci se met à chanceler sur l'écran, puis disparaît.

Bientôt, un soudard javanais *(se reprenant)* pardon, trois soudards javanais, secrètement dépêchés, du fond des mers du Sud, par le chef-pirate, font irruption dans la chambre de la belle, que vous voyez pleurant dans les bras de la camériste.

Claquement de mains. Tandis que les bruits de bataille continuent à se faire entendre, apparaît sur l'écran « Le Serment des Horaces » de David.

Ils provoquent en duel le Chevalier qui, brandissant trois épées à la fois s'apprête à défendre chèrement sa vie et celle de sa bien-aimée.

Claquement de mains. Le tableau disparaît.

Que va-t-il se passer? Sera-t-il atrocement défiguré ???...

Apparaît une tête composée de fruits ou de légumes d'Arcimboldo.

... Vous ne le saurez pas, si vous oubliez d'assister, la semaine prochaine, au deuxième épisode de :

LES GALIONS DU COMMODORE

Grand film d'art et d'aventures !

Rideau.

LES OREILLES DE MIDAS

OU

LES DANGERS DE LA RADIO

PERSONNAGES

LE PROFESSEUR LARDON.

LE CHAUFFEUR.

LE PORTIER.

LE TECHNICIEN.

IDA.

VOIX D'UNE JEUNE FEMME.

LE RÉCITANT.

LE RÉCITANT

Voici une fable, en forme de comédie, où l'on voit comment l'emploi de certains moyens techniques — tels que le Téléphone, le Disque, la Radio — peut avoir des conséquences imprévues et contradictoires.

Faits pour relier les hommes entre eux, ces procédés qui captent notre voix ou la dispersent au loin dans l'espace, peuvent aussi servir à nous séparer les uns des autres. Faits pour supprimer la distance et l'absence, ils peuvent aussi, parfois, contribuer à accroître notre solitude.

Le professeur Lardon, une des gloires de l'Université, va en faire l'expérience à ses dépens.

Nous sommes dans le cabinet de travail du Professeur. Voyez comme son sort est dérisoire : lui, le grand philosophe, célèbre par ses travaux sur la Communication humaine, il n'arrive pas à « communiquer », sinon en s'égosillant... avec sa propre femme, qui vaque à mille occupations dans l'appartement!

Vous comprendrez un peu plus loin pourquoi cette farce est intitulée : *Les Oreilles de Midas.*

VOIX DU PROFESSEUR LARDON,
téléphonant.

Allô?... Allô... Allô... Je vous entends mal... Allô les réclamations. Ah! Mademoiselle, je ne parviens pas à avoir le numéro... Oui... c'est bien cela. Insistez!... Non, mon correspondant n'est certainement pas absent, non... Pourquoi?... Eh bien, parce que je le sais. Oui, c'est un vieil ami, nous avons fait nos études ensemble... Nous sommes professeurs tous les deux, mais dans deux Universités différentes... Oui... Insistez... Allô... Allô... Qu'est-ce que vous dites, mademoiselle? Comment? Je vous entends mal... Vous me demandez quoi?... Si je suis sourd? Ah bon, si mon correspondant est sourd! Mais non, il n'est pas sourd, mais son appartement est grand. Il faut lui donner le temps de venir. Bon, bon, non, je ne vous en veux pas, vous faites votre métier. Bien... Alors, insistez, je vous prie... Comment? Comment dites-vous? Je dois raccrocher? Il y a un dérangement sur la ligne? Ah bon, vous me rappellerez dans un instant. Bon, bon. Je raccroche et je vous attends.

Bruit d'appareil de téléphone qu'on raccroche.

LE PROFESSEUR LARDON, *appelant.*

Ida!... Je téléphonais à mon ami le Professeur Fémur! Ida! où es-tu?... Ida... *(Chantonnant avec gentillesse :)* Ida, Ida, ma petite Ida, où est-elle, ma petite Ida?... *(Plus fort :)* Ida! mais où es-tu, bon sang?... *(Bas, pour lui-même :)* Où peut-elle être? Je n'ai pas de chance aujourd'hui! Et ma conférence! Je n'ai plus qu'une heure devant moi... *(Plus fort :)* Ida, mon petit. Je pars dans une demi-heure... *(S'impatientant :)* Ida!

VOIX DE FEMME,
dans une pièce éloignée de l'appartement.

Qu'est-ce qu'il y a ?

LE PROFESSEUR

Eh bien ! Tu en mets un temps à répondre ! Qu'est-ce que tu fais ?

IDA, *au loin.*

Je prépare ton dîner.

LE PROFESSEUR

Pourquoi *mon* dîner ?

IDA, *idem.*

Parce que je sors.

LE PROFESSEUR

Tu ne m'accompagnes pas à ma conférence ?

IDA, *idem.*

Ce n'est pas la peine ; tu me feras entendre l'enregistrement.

LE PROFESSEUR

C'est vrai, après tout. Ce sera beaucoup mieux *(Un silence.)* Et où vas-tu ?

IDA, *idem.*

Je ne sais pas. Peut-être au concert.

LE PROFESSEUR

Quel concert ? *(Murmure indistinct d'Ida.)* Quoi ? Je n'entends pas.

IDA, *forçant la voix.*

Le Concert de l'Orchestre universitaire.

LE PROFESSEUR

Tu pourrais aussi l'entendre à la Radio !

IDA

Ce n'est pas la même chose... Il y a la présence.

LE PROFESSEUR

La quoi ?

IDA, *fort.*

La *présence.* La présence des musiciens.

LE PROFESSEUR, *vexé.*

Ah !... *(Un temps.)* Mais... Il peut y avoir aussi la présence du conférencier.

IDA

Quoi ? Au concert ?

LE PROFESSEUR

Ne fais pas la bête. Les musiciens font de la musique. Les conférenciers font des conférences.

IDA

Ah ! Ouiche ! Le conférencier, je le vois tous les jours, tandis que les musiciens...

LE PROFESSEUR

Bon, bon, je plaisantais.

Silence.

LE PROFESSEUR

Ida !

IDA

Quoi encore ?

LE PROFESSEUR

Pourquoi ne viens-tu pas plus près de moi ?

IDA

Je t'ai déjà dit que je fais la cuisine. Je prépare ton potage. J'épluche des oignons... Je pleure... Je ne suis pas belle...

LE PROFESSEUR, *tendrement.*

Tu es toujours belle pour moi.

Silence.

LE PROFESSEUR, *à voix très forte.*

Ida ! C'est émouvant, notre intimité ! Tu ne trouves pas ?

IDA, *ironique.*

Si, si !... C'est pour ça que je pleure... A moins que ce ne soit les oignons.

LE PROFESSEUR

Les quoi ?

IDA, *très fort.*

Les oignons !... Les oignons de notre intimité !

Sonnerie.

LE PROFESSEUR, *pour lui-même.*

Ah ! Voilà mon correspondant. Il en a mis un temps !... *(Il décroche le récepteur.)* Allô ?... Allô !... Le Professeur Fémur ?... Oui. Bonjour cher ami ! Ici le Professeur Lardon ! Oui votre vieux camarade au téléphone ! Oui j'ai dû demander les réclamations ! Comment ? Que dites-vous ? Que vous ne trouviez pas l'appareil de téléphone ?... Ah ! Vous aviez perdu vos lunettes ! Comment ? Que dites-vous ? Je ne vous entends pas... Ah ! Vous dites que vous ne voyez plus très clair ? Mais non voyons, ce n'est rien, ça s'arrangera, comme moi, avec un bon sonotone, je veux dire avec de bonnes lunettes... Oui, je vais bien merci !... Ida aussi. Oui, très bien... *(Voix confidentielle :)*... je peux vous parler. Elle est à la cuisine. Elle ne m'entend pas. Moi non plus. Oui la pauvre enfant prépare notre dîner ou plutôt mon souper, car je prononce une conférence, tout à l'heure et je rentrerai tard... Ah ! Vous savez ! Notre intimité ne fait que croître tous les jours. Elle est adorable. Oui ! Tous les jours je me félicite d'avoir trouvé un être si jeune, si confiant... Oui, oui, à notre âge, c'est ce qu'il faut... Ah ! la jeunesse ! Je ne pourrais me passer de jeunesse autour de moi... *(Voix normale :)* Oui, vous êtes bien aimable... Non, non, je vous en prie... Vous êtes trop flatteur... Mais voyons : vous aussi ! Parbleu !... Eh bien, c'est ma conférence inaugurale. Oui, oui, vous savez que j'ai créé une chaire nouvelle à l'Université... Oui, une science nouvelle en quelque sorte... Comment ? Allô... Je vous entends mal !... *(Agacé :)* Ah, ce téléphone ! Oui, une science nouvelle : la Philosophie acoustique... *(Fort :)* a-coustique ! C'est un point de rencontre, oui, un point de rencontre entre plusieurs disciplines... Mais j'espère que vous pourrez m'entendre... Oui, à la Radio, c'est cela !... Merci encore de vos amabilités... Merci et à bientôt, cher ami !

Bruit de téléphone qu'on raccroche.

LE PROFESSEUR, *pour lui-même.*

Nom d'une pipe ! Bientôt cinq heures ! Où cst donc mon parapluie ? *(Appelant :)* Ida !... Ida !... *(Avec impatience :)* Mais ah ça, tu es introuvable ce soir ! *(Plus fort :)* Ida ! Où es-tu ?

IDA, *au loin.*

Ici.

LE PROFESSEUR

Où ça, « ici » ? Encore dans la cuisine ? *(Voix indistincte d'Ida :)* Comment ?

IDA

Dans la salle de bains.

LE PROFESSEUR

Encore ?

IDA

Pourquoi « encore » ? Tu me confonds avec le pot-au-feu, maintenant ! *(Furieuse et volubile :)* Ah ça ! Ce n'est pas parce que je suis dans l'eau chaude, pour que tu me confondes avec les légumes du potage ! Je peux bien être autre chose que ta cuisinière, non ! Je n'ai pas le droit de prendre un bain, non !

Trépignements et sons inarticulés.

LE PROFESSEUR, *désolé.*

Allons, ne te fâche pas, mon petit !

IDA

Je ne suis pas « ton petit ».

LE PROFESSEUR

Tu es tellement jeune ! *(Attendri :)*... une vraie petite fille !

IDA, *furieuse.*

Ah ! Ne souligne pas notre différence d'âge, je t'en prie !... *(Un silence.)* Et puis tu pourrais bien te déranger, non ? Pourquoi toujours m'appeler au travers de l'appartement ?

LE PROFESSEUR

Tu sais bien que j'ai des rhumatismes ! *(Voix indistincte d'Ida.)* Qu'est-ce que tu dis ?

IDA, *voix résignée.*

Oh ! Rien ! Je dis que tu appelles ça : « notre intimité » !

LE PROFESSEUR

Je plaisantais ! Les rhumatismes n'empêchent pas l'intimité... La preuve : avant de partir je vais aller t'embrasser dans ton bain...

IDA, *explosant.*

Ah ! Non, par exemple ! Laisse-moi prendre mon bain tranquille ! D'ailleurs la porte est fermée au verrou.

LE PROFESSEUR, *déçu et résigné.*

Bon ! Bon !... *(Un soupir.)* Et dire qu'on habite le même appartement et qu'on n'arrive pas à se voir !

IDA, *ironique.*

Peut-être, mais on se parle à distance : ça compense !

LE PROFESSEUR

Alors, bonsoir ! Amuse-toi bien... au concert !

IDA

Quelle idée ! On ne va pas au concert pour s'amuser ! Et toi... *(Ironique :)*... amuse-toi bien, à ta conférence !

LE PROFESSEUR

Va ! Je ne t'en veux pas ! J'adore ton esprit ! Il fait partie de notre intimité... Dis donc : tu ne sais pas où est mon parapluie ?

IDA, *implacable.*

Dans le porte-parapluies.

LE PROFESSEUR

Tu crois ?

IDA, *irréfutable.*

J'en suis sûre !

LE PROFESSEUR

Alors, au revoir ! Ne te prélasse pas trop longtemps dans ton bain. Tu y restes toujours trop longtemps, c'est très mauvais.

IDA

Au contraire ; c'est excellent. Ah ! justement, avant de partir, veux-tu s'il te plaît, brancher le téléphone sur la prise qui est à côté de la salle de bains... j'attends une communication de mon amie Bertie, celle qui m'emmène au concert tout à l'heure... Je ne veux pas manquer son appel.

LE PROFESSEUR

Entendu. Voici...

Bruit de pas, bruits divers se rapportant au déplacement de l'appareil téléphonique.

LE PROFESSEUR, *voix proche, presque basse.*

Bonsoir... chérie !

IDA, *idem.*

Merci ! Tu es gentil. Bonsoir... Et bon succès !

LE PROFESSEUR, *consultant sa montre.*

Bon sang ! Cinq heures moins le quart ! Je n'ai pas le temps de prendre le bus. Je commande un taxi par téléphone !

IDA

Si tu téléphones, dépêche-toi ! Je ne veux pas manquer l'appel de mon amie Bertie !

LE PROFESSEUR

Ce ne sera pas long ! *(Bruits de numéro composé sur le cadran.)* Allô... Allô !... Les Radio-taxis ? Oui, je suis très pressé, avez-vous un taxi libre ? J'habite au 4, Porte Nord. Bon !... Oui ! Très bien ! Je descends à l'instant... *(A Ida :)* Au revoir, chérie.

IDA, *avec impatience.*

Tu l'as déjà dit : Adieu, adieu !

Bruits de pas dans l'escalier.

Le professeur descend, ouvre la porte de l'immeuble, fait quelques pas au-dehors.

Bruit de porte d'auto. Le taxi démarre. Ambiance de voiture en marche.

LE PROFESSEUR

A la station de Radiodiffusion ! Justement des confrères à vous ! *(Bruit de voix dans le haut-parleur du taxi.)* Ça ne vous gêne pas, le haut-parleur qui transmet les appels de votre centrale ?

LE CHAUFFEUR

Oh non ! J'y suis habitué ! C'est le boulot ! Ça n'empêche pas de rouler.

Bruits dans le haut-parleur du taxi.

VOIX DE LA SECRÉTAIRE DE LA COMPAGNIE

... Oui... Oui... On demande un taxi d'urgence, pour l'hôpital de la Charité... Ici Radio-taxi... Ici Radio-taxi... Une urgence ! Hôpital de la Charité... Bon... Où êtes-vous ?... Oui, ça va, mais dépêchez-vous !... Allô ? Madame ?... Pour l'Opéra ? Bon ! Où habitez-vous ?... Merci... Je cherche un taxi libre... Allô ?... Pour l'Opéra... pour l'Opéra...

Shunter.

LE PROFESSEUR, *au Chauffeur.*

C'est émouvant, ces voix qui se cherchent dans la nuit, vous ne trouvez pas ?

LE CHAUFFEUR, *désabusé.*

Oh moi, vous savez ! C'est le boulot ! Alors !

LE PROFESSEUR

Sans doute ! Sans doute ! D'ailleurs vous avez un métier magnifique ! Réunir les gens qui se cherchent, qui s'attendent !... *(Il continue comme s'il se parlait à lui-même :)*... Toutes ces voix... C'est toute la Ville qui se parle à elle-même... nuit et jour... à travers l'espace... Un dialogue ininterrompu... Oui, tout : les espérances, les déceptions, les joies de la rencontre, le désespoir de la séparation, l'amour, le drame, les crimes... tout cela sort de ce gigantesque gosier, s'engouffre dans cette gigantesque oreille... Oui, c'est à moi de saisir, de comprendre cette réalité nouvelle... prodigieuse...

Bruit de frein.

LE CHAUFFEUR

Vous êtes arrivé, monsieur. Voici la Station de Radiodiffusion...

LE PROFESSEUR, *comme réveillé d'un songe.*

Ah ! merci ! Bien bien ! Merci !... Tenez, voici ce que je vous dois...

LE CHAUFFEUR

Merci, monsieur, bonne soirée !

Bruit de porte d'auto qu'on claque. Pas.

VOIX DU PORTIER DE LA RADIO

Bonjour, monsieur le Professeur. Monsieur le Professeur vient pour sa Conférence ?

LE PROFESSEUR

Oui, mon ami. C'est à quel studio ?

LE PORTIER,
consultant le tableau de service.

Attendez que je regarde, monsieur le Professeur. Voyons... Heu... C'est au studio 34, monsieur le Professeur...

LE PROFESSEUR

Merci.

LE PORTIER

Bon travail, monsieur le Professeur.

Pas du Professeur le long d'un couloir. Un peu de musique s'échappe d'un studio : une valse.

De nouveau des pas. Bruits de revolvers et cris s'échappent d'un autre studio.

De nouveau des pas. Un air d'opéra (voix de femme) s'échappant d'un autre studio. Encore quelques pas, puis les pas s'arrêtent.

LE PROFESSEUR, *se parlant à lui-même.*

Encore ces voix, ces cris, ces chants ! Cette fois ce n'est plus la réalité, c'est la fiction. Mais c'est toujours l'humanité qui se parle à elle-même ! D'un bout à l'autre de l'espace !... Image exaltante !

UNE VOIX FRAÎCHE DE JEUNE FEMME

Vous cherchez quelque chose, monsieur le Professeur ?

LE PROFESSEUR,
comme sortant à nouveau d'un rêve.

Ah ! C'est notre charmante assistante ! Mais, chère mademoiselle, je... Je m'apprêtais à ouvrir la porte du studio 34, comme vous le voyez...

L'ASSISTANTE, *gentiment espiègle.*

Toujours dans ses pensées, notre cher Professeur !... Entrez, je vous en prie...

Musique pendant un court moment.

LE PROFESSEUR, *terminant sa conférence.*
Ambiance salle avec public.

... Et c'est pourquoi, mesdames et messieurs, je suis extrêmement ému de constater que vous êtes venus si nombreux, ce soir, assister à la conférence de la chaire de « Philosophie acoustique ». Votre présence même illustre le sujet que je viens de traiter devant vous. Oui, la communication entre les hommes est magnifiée, multipliée par les moyens audiovisuels, en particulier par la petite Bouche du grand Micro et par la grande Oreille du Haut-Parleur. Entre cette bouche et cette oreille, mesdames et messieurs, c'est toute la civilisation moderne qui circule, comme un fleuve ininterrompu de bruits, de paroles, de musique, de chants de joie et de cris de détresse.

VOIX TÉLÉPHONIQUE DU TECHNICIEN,
s'adressant depuis la cabine du son
au professeur qui est dans le studio.

Monsieur le Professeur, est-ce que je colle des applaudissements, à la fin de cette phrase, sur la bande enregistrée ? Ça tomberait assez bien...

VOIX TÉLÉPHONIQUE DU PROFESSEUR

Heu !... non... un peu plus loin, s'il vous plaît. Ici, vous pouvez mettre quelques toussotements dans le public.

VOIX TÉLÉPHONIQUE DU TECHNICIEN

Bien, monsieur le Professeur...

Un temps.

Le technicien, pour « coller » ses bruits sur la bande magnétique, repère l'emplacement en faisant passer des fragments de celle-ci.

L'ENREGISTREMENT DU PASSAGE DE LA CONFÉRENCE,
comiquement accéléré.

« ... Entre cette bouche et cette oreille, mesdames et messieurs... Entre cette bouche et cette oreille, mesdames et messieurs... fleuve ininterrompu de bruits, de paroles, de musique, de chants de joie et de cris de détresse... et de cris de détresse... »

Bruits de toussotements dans l'ambiance supposée.

VOIX TÉLÉPHONIQUE DU TECHNICIEN

Ça va comme ça ?

VOIX TÉLÉPHONIQUE DU PROFESSEUR

Oui, ça va. Je continue.

LE PROFESSEUR,
continuant sa conférence.

Mesdames et messieurs, c'est un fait que les progrès techniques ont, pour ainsi dire, allongé les oreilles de l'homme. Oui, la petite oreille d'autrefois, ce minuscule appendice en forme de coquille, est devenu ce magnifique pavillon, cette grande oreille renflée à la base, pointue vers le haut, comparable à l'oreille, infiniment sensible et sans cesse agitée, de cet animal domestique dont une légende injuste et cruelle a fait le symbole ridicule de l'absence d'intelligence.

Bien au contraire, cette grande oreille, mesdames et messieurs (et l'honorable assistance que je vois devant moi en est le vivant exemple), cette oreille géante est devenue le symbole de cette intelligence collective, de l'intelligence acoustique, qui relie instantanément tous les hommes entre eux et substitue à notre ancienne solitude, à notre ancienne absence, la présence de chacun, la présence de tous, la présence universelle !

VOIX TÉLÉPHONIQUE DU PROFESSEUR,
s'adressant au technicien.

C'est ici, voyez-vous mon ami, qu'il faut placer les applaudissements sur la bande magnétique... Vous avez des applaudissements, ici ?

VOIX TÉLÉPHONIQUE DU TECHNICIEN

Oui, monsieur le Professeur, j'en ai de tout récents. Ils ont été enregistrés lors de la transmission du gala du Music-Hall, vous savez, la revue : « En avant les seins nus ».

VOIX DU PROFESSEUR

C'est bon, c'est bon, collez !

VOIX DU TECHNICIEN

Un instant, monsieur le Professeur, je les colle.

Défilement de la bande magnétique comportant le dernier passage du discours. Reprises, tâtonnements, repérages.

VOIX ENREGISTRÉE DU PROFESSEUR

...et substitue à notre ancienne solitude, à notre ancienne absence, la présence de chacun... La présence de chacun... la présence de chacun, la présence de tous, la présence universelle.

Applaudissements nourris, avec cris :

CRIS

Bravo, bravo, bis, bis, bis !

VOIX DU TECHNICIEN

Ça va comme ça, monsieur le Professeur ?

VOIX DU PROFESSEUR

Oui, ça va. Mais vous ne croyez pas que les « bis, bis ! » sont de trop ?

VOIX DU TECHNICIEN

Je les enlèverai tout à l'heure, monsieur le Professeur. N'ayez crainte. C'est terminé. Si vous voulez revenir dans la cabine, on pourra écouter l'ensemble, une dernière fois, avant la diffusion.

VOIX DU PROFESSEUR

Entendu, je viens.

Ambiance du studio, voix normales.

LE TECHNICIEN

Quel succès, monsieur le Professeur !

LE PROFESSEUR, *riant.*

Allons, allons, ne vous moquez pas de moi !

LE TECHNICIEN

Je ne me moque pas du tout, monsieur le Professeur. Vous *aurez eu* beaucoup de succès. Je pense que vous avez eu une fameuse idée de prononcer cette conférence inaugurale à l'antenne, et non dans l'amphithéâtre de l'Université. C'est le sujet même de votre cours qui est ainsi démontré dans les faits : l'union de tous les hommes par l'électro-acoustique, par la radio... C'est formidable !... Mais qu'est-ce qui se passera, tout à l'heure, dans l'amphithéâtre ?

LE PROFESSEUR

Eh bien, les auditeurs viendront. Ils prendront place sur les gradins. Quand sonnera l'heure, l'huissier, en grande tenue, annoncera : « Leçon inaugurale du cours de Philosophie acoustique par monsieur le Professeur Lardon... » Personne ne montera en chaire, mais un haut-parleur diffusera le discours que vous venez d'enregistrer. Ce sera très émouvant.

LE TECHNICIEN

Très émouvant, en effet. Est-ce que Mme écoutera dans la salle, ou chez elle ?

LE PROFESSEUR, *gêné.*

Heu... Je lui ferai entendre l'enregistrement ici, si vous le voulez bien, demain ou après-demain.

LE TECHNICIEN

Très volontiers, monsieur le Professeur, à votre entière disposition... *(Un temps.)*... Mme Lardon n'est pas souffrante, j'espère ?

LE PROFESSEUR

Non, non, mon ami... Elle est tout simplement obligée d'aller au concert... ce soir... avec une amie...

LE TECHNICIEN

Ah ! Bien, très bien. J'avais peur que...

Un temps.

LE PROFESSEUR

Non, non, je vous remercie. Elle va très bien... très, très bien... Tenez, je l'ai même laissée dans son bain — excusez ce détail intime — et nous avons plaisanté ensemble au sujet du téléphone.

LE TECHNICIEN

Pourquoi : au sujet du téléphone ?

LE PROFESSEUR

Parce que je n'ai pas pu la voir avant de partir et que nous parlions à travers la porte de la salle de bains. C'est presque mon sujet de conférence : la présence acoustique ! Et puis elle m'a demandé de placer le téléphone à côté de la salle de bains...

LE TECHNICIEN, *l'interrompant.*

Vous dites ?

LE PROFESSEUR

Oui, elle m'a demandé de rapprocher le téléphone, parce qu'elle ne voulait pas manquer l'appel d'une de ses amies, l'amie qui l'emmène au concert...

LE TECHNICIEN

J'espère qu'elle ne téléphonera pas dans son bain ?

LE PROFESSEUR

Pourquoi donc ?

LE TECHNICIEN

Parce qu'il y a un grave danger à téléphoner dans un bain... Oui, je m'excuse de vous le rappeler, monsieur le Professeur, un danger mortel !

LE PROFESSEUR, *ému.*

Que me dites-vous là ?

LE TECHNICIEN

Oui, vous comprenez, si le fil est mal isolé, s'il touche l'eau, eh bien... *(Il hésite.)*

LE PROFESSEUR, *vivement.*

Eh bien quoi ?

LE TECHNICIEN, *d'une traite.*

On peut être électrocuté, monsieur le Professeur. Oui, tué sur le coup ! C'est arrivé à une personne que je connaissais. Une jeune fille. Oh ! Un accident lamentable... assez fréquent, malheureusement !

LE PROFESSEUR

Oui, oui, je comprends... Mais ma femme est très prudente. Elle aura quitté son bain pour téléphoner.

LE TECHNICIEN

Je l'espère, cher monsieur.

LE PROFESSEUR

Vous pouvez dire que j'en suis sûr... Jamais je ne l'ai vue téléphoner dans son bain. Non, non, rassurez-vous mon ami. Et maintenant je crois que c'est le moment d'écouter tout notre enregistrement. Nous avons juste le temps avant l'émission.

LE TECHNICIEN

Oui, monsieur le Professeur.

Bruit, défilement accéléré de la bande, effet comique bien connu de la voix qui devient suraiguë comme un jacassement de ouistiti.

LE PROFESSEUR

Qu'est-ce qui se passe ?

LE TECHNICIEN

Rien. Je finissais de réembobiner la bande magnétique... Voici. Nous sommes prêts. A vous la parole, monsieur le Professeur.

VOIX ENREGISTRÉE DU PROFESSEUR

Mesdames et messieurs,
La nombreuse assistance que j'ai devant moi ce soir, assistance qui, en vérité, déborde largement le cadre de cet amphithéâtre, la nombreuse assistance devant laquelle sera inauguré mon nouveau cours de « Philosophie acoustique », cette assistance, dis-je...

Interruption.

LE TECHNICIEN

Pourquoi m'avez-vous fait signe d'arrêter l'écoute de l'enregistrement, monsieur le Professeur ? Il ne vous plaît pas ?

LE PROFESSEUR, *soucieux.*

Si ! si ! Il me plaît bien... Mais... Je ne peux m'empêcher de penser à ce que vous venez de me dire, oui, au sujet de ma femme, du téléphone, du bain et cætera...

LE TECHNICIEN

Oh, mais il ne faut pas vous inquiéter sans raison, monsieur le Professeur ! Vous avez dit vous-même que Mme Lardon était prudente. Non, non, ne vous inquiétez pas !

LE PROFESSEUR

Vous avez raison. Je suis trop nerveux. J'ai trop d'imagination! Et puis, je ne peux pas rester deux heures séparé d'elle sans avoir envie de la revoir. Je ne supporte pas, littéralement pas, son absence. Ah! L'absence, mon ami, quand on aime! Quel supplice! Et si vous saviez comme elle sait faire régner entre nous un climat de tendre intimité!

LE TECHNICIEN

Je n'en doute pas, monsieur le Professeur.

LE PROFESSEUR

Allons! Il se fait tard! Continuons notre écoute... Mais reprenez un peu plus loin, le début va bien...

LE TECHNICIEN

Comme vous voudrez.

Bruit du défilement accéléré de la bande comme plus haut.

Puis le défilement s'arrête sur un autre passage du discours, débit normal.

VOIX ENREGISTRÉE DU PROFESSEUR

... Grâce aux progrès de la technique, mesdames et messieurs, l'homme n'est plus jamais éloigné de l'homme, ni de la femme. Plus de séparation! A tout moment un être aimé, alors même qu'il est séparé de vous par une distance énorme, peut manifester sa présence quasi miraculeuse, par une émission radiophonique, par un coup de téléphone...

Sonnerie stridente du téléphone dans la cabine. Le technicien arrête brusquement le défilement de l'enregistrement.

LE TECHNICIEN, *au téléphone.*

Allô! Allô! Oui c'est bien ici la station de Radio... Oui c'est ici la cabine du studio 34... Oui monsieur, il est ici... *(Au Professeur :)* Monsieur le Professeur, c'est un de vos amis, le Professeur Fémur, qui veut vous parler...

LE PROFESSEUR, *ému.*

Tiens ! Que me veut-il à cette heure ? Je lui ai téléphoné, il y a à peine une heure et demie. Passez-moi l'appareil !... Allô ! Allô ! Oui, c'est moi. Ah, c'est vous, cher ami ? Qu'y a-t-il ?... Quoi ! Qu'est-ce que vous dites ? Vous lui avez téléphoné tout à l'heure ? Un quart d'heure environ après que je vous ai appelé ?... Pourquoi ? Parce que j'avais oublié de vous dire l'heure de la diffusion de ma conférence ? Eh bien, dans un moment, à 6 heures exactement, je vous remercie... *(Soudain bouleversé :)* ...mais, comment ? Vous avez téléphoné chez moi et ça n'a pas répondu ?... Oh ! Mon Dieu ! Elle était dans son bain ! Pourvu que ! Oh mon Dieu. Mon Dieu !... Excusez-moi mon cher ami, je cours à la maison... *(Au technicien :)* Vite, vite, mon ami ; appelez-moi un taxi !

Il raccroche le téléphone.

LE TECHNICIEN

J'ai ma voiture en bas, ça ira plus vite, je vous emmène.

LE PROFESSEUR

Oh mon Dieu ! Mon Dieu ! Courons !

Descente rapide des deux hommes dans l'escalier. Claquement de la porte, puis de portière.

Démarrage brutal de la voiture.

En surimpression, monologue intérieur du Professeur.

MONOLOGUE INTÉRIEUR DU PROFESSEUR,
voix basse, comme dans un cauchemar.

L'absence... le téléphone... la présence... la Radio... Une oreille, une bouche... Sa bouche... son oreille... absente... présente... allô... c'est toi ? Oui c'est moi... Où es-tu ? Je ne t'entends pas... parle plus fort... J'écoute... la voix... La parole... séparation... rencontre... absence... présence... acoustique...

Bruit de freins. Claquement de portière. Clefs dans la serrure.
Pas précipités des deux hommes. Porte ouverte, puis refermée violemment.

LE PROFESSEUR,
avec un soupir de soulagement.

Ouf ! Tout est en ordre !... La baignoire est vide ! Le téléphone est en place... Tout va bien, mon ami. Vous voyez : nous nous sommes inquiétés à tort. Ma femme est allée tout simplement au concert avec son amie. Ouf, cette émotion m'a épuisé. Asseyons-nous !

LE TECHNICIEN

Si nous l'écoutions, le concert ? Il est transmis par une autre station que la nôtre. Mais ce n'est pas une raison pour ne pas l'écouter, n'est-ce pas ?

LE PROFESSEUR

Excellente idée, ça nous détendra les nerfs. Pendant ce temps, j'irai chercher à boire et nous trinquerons ensemble au succès de ma conférence !

Bruit d'un appareil de radio sur lequel on tâtonne à la recherche d'un poste.
Puis brusquement, le début du Quintette de Schumann.
On entend quelques mesures. Puis brusquement sonnerie de téléphone.

LE PROFESSEUR

Allons bon ! Impossible d'être tranquille un instant. *(Il prend l'écouteur :)* Allô ?... Allô !... Comment ? Les abonnés absents ?... Mais je ne suis pas absent mademoiselle, je suis chez moi... Comment ? C'est Madame qui vous a prié de me faire une communication ? Elle l'a enregistrée ? Tiens ! Pourquoi cela ?... Enfin, c'est une gentille attention ! Comme elle savait que je rentrerais plus tôt, elle a voulu que sa voix m'accueille avant elle ! *(Au technicien :)* Vous voyez, comme elle est gentille ! Elle ne sait pas quoi inventer pour me faire plaisir... *(Au téléphone, gaiement :)* Alors, mademoiselle, faites-moi entendre le message enregistré, s'il vous plaît !

VOIX ENREGISTRÉE ET TÉLÉPHONIQUE D'IDA

Mon pauvre ami, ne me cherche pas ce soir, ni les autres jours. J'ai décidé de partir loin de toi, recommencer une autre vie. Pardonne-moi, oublie-moi et songe que je serai plus heureuse ainsi... *(La voix enregistrée recommence :)* Mon pauvre ami, ne me cherche pas ce soir, ni les autres jours. J'ai décidé de partir loin de toi, recommencer une autre vie. Pardonne-moi, oublie-moi et songe que...

Bruit du téléphone que le Professeur raccroche lourdement.

LE TECHNICIEN

Qu'est-ce qu'il y a ? Rien de grave, j'espère, monsieur le Professeur ?

LE PROFESSEUR

Non ! Non ! Mon ami... merci ! Elle a enregistré un message... de félicitations... pour ma conférence... Excusez-moi, je dois vous paraître un peu bizarre... Mais je suis très, très fatigué.

LE TECHNICIEN

Excusez-moi, monsieur le Professeur, mais puisque tout va bien, je vais vous laisser attendre le retour de Madame et je vais prendre congé de vous.

LE PROFESSEUR, *essoufflé, comme en rêve.*

...le retour de Madame... oui... Merci... Mais au fait, attendez, attendez ! Ne partez pas... Ne partez pas avant que nous ayons écouté la diffusion de « notre » conférence.

LE TECHNICIEN

C'est juste, monsieur le Professeur !

Bruit de mise au point de l'appareil de radio.

VOIX ENREGISTRÉE DU PROFESSEUR

...grâce aux progrès de la technique, mesdames et messieurs, l'homme n'est plus jamais séparé de l'homme, ni de la femme. Plus d'éloignement ! A tout moment, un être aimé, alors qu'il est séparé de vous par une distance énorme, peut manifester sa présence quasi miraculeuse, par une émission radiophonique, par un coup de téléphone...

Musique.

III

Poèmes à jouer

UNE VOIX
SANS PERSONNE

A Marianne Leygue

UNE VOIX SANS PERSONNE

a été créé le 10 février 1956
au Théâtre de la Huchette
Le texte était dit
par Jean-Marie Robain
Musique originale de Henri Sauguet
Mise en scène de Jacques Poliéri
Décor de Fernand Dubuis

La scène — où n'apparaîtra aucun personnage — représente le salon d'une villa à la campagne.

Décor très quelconque : au premier plan, face au public et en demi-cercle, quatre fauteuils recouverts de housses. Au fond, à gauche, une porte vitrée donnant sur un corridor d'entrée. A droite, une commode contre un mur sans tableau. Dans chacun des deux angles, un guéridon supportant une lampe à gros abat-jour.

La seule animation visible de la scène viendra du changement et du mouvement des éclairages.

A part une voix de femme qui dira quelques mots ou chantonnera, seule une voix d'homme dira le texte du poème. Elle sera, soit transmise par haut-parleur, soit incarnée — mais non personnifiée — *par un comédien, qui se tiendra à droite, dans la pénombre de l'avant-scène et tournant le dos à la scène : de toute façon ce ne sera qu'une voix anonyme, parlant simplement, sans déclamation.*

C'est une pièce sans personnages.

	VOIX DU RÉCITANT
Au lever du rideau, la scène est plongée dans l'obscurité.	De l'autre côté d'une cloison d'une cloison pour moi transparente ou par le temps abattue de l'autre côté de cette cloison de ce mur ou de cette fenêtre
Là, deux lampes	éclairée dans la nuit

et qui de moi se rapproche lentement
à travers ce mur disparu

s'éclairent

à travers cette cloison par le temps abattue
à travers les vitres de cette grande fenêtre
mes yeux regardent — et je vois

par degrés.

je vois une pièce où il se pourrait qu'autrefois quelqu'un ait demeuré
quelqu'un qui pourrait être moi,
une pièce où j'aurais vécu il y a très longtemps

Les deux lampes sont maintenant éclairées. Il fait nuit dans le corridor.

une pièce où *je sais*
que j'ai vécu il y a très longtemps
et que pourtant je ne reconnais pas.

Un silence.

C'est un salon où des meubles
sont disposés toujours dans le même ordre et de telle façon qu'ils semblent prendre un sens
à force d'être toujours là
sans que personne apparaisse :
Ils sont assemblés en face de moi
comme un conseil de famille
devant lequel je suis amené de force
pour comparaître
pour être interrogé, pour être accusé, pour être jugé
et cependant je ne comprends pas,
non, malgré tout l'effort de ma mémoire
pour retrouver cette langue oubliée,

je ne parviens pas à comprendre
ce qu'ils ont à me dire.

Un silence.

D'abord la soirée bien avant dans la nuit se prolonge
comme une veillée patiente au chevet d'un malade,
d'abord cette veille morose et menaçante
jusqu'au bord de l'aube se prolonge
et moi l'invisible témoin
et cette pièce et ces meubles éclairés de l'intérieur
nous restons ainsi longtemps dans notre commun silence
parce que nous avons à creuser ensemble cette menace,
parce qu'il nous faut retrouver le secret de notre double interrogation,
parce que nous nous demandons où nous sommes, qui nous sommes —
— Et cependant nous n'avons rien à nous dire.

Un silence.

Immobiles et liés ensemble
emportés par ce long silence
nous traversons les nuages du temps
les lueurs qui passent dans le ciel nocturne
jusqu'à ce que, l'une
après l'autre,
s'éteignent les lampes du salon.

Les deux lampes s'éteignent, l'une après l'autre.

Un long silence.

La lumière du jour commence à passer doucement par la porte vitrée, obliquement, venant de droite.

Encore un peu de temps
un repos léger, à peine un soupir de sommeil
la première lueur le premier souffle
et au-dehors voici le matin.
Quelle joyeuse lumière passe à travers la porte vitrée !

Joyeuse
vraiment !
Les meubles s'ébrouent sans bouger.
Regardez-les accueillir sur leurs bords la lumière du jour
comme s'ils allaient tout à l'heure reconnaître quelqu'un
et sauter de joie au-devant de quelqu'un qui vient.

Un silence.

Sans qu'on voie aucune silhouette à travers la porte vitrée, on entend des pas légers et précipités, — des pas de femme — et une voix gaie et musicale — une voix de jeune femme — qui appelle :

LA VOIX DE FEMME,
avec une jolie modulation sur « ... hé ».

Hohé-ho !... Hohé-ho !... Hohé-ho !... *(Plus loin.)*
Hohé-ho !... *(Presque indistinct.)* Hohé-ho !...

LA VOIX, *enchaînant.*

Comme il me plaît d'entendre cette voix et les pas qui l'accompagnent,
même si le visage est absent !
Comme elle me plaît, cette voix !
Je l'aime plus que je ne saurais le dire.
Il me semble que c'est pour moi pour moi seul
qu'elle chante son chant le plus délicieux,
trois syllabes sans aucun sens
sur trois notes joyeuses... mais non !
vraiment il serait fou de croire
que c'est moi qu'elle appelle !
Non non ! Toutes les voix tous les pas de femmes
vont au-devant de quelqu'un :
Crescendo. pourquoi donc moi plutôt qu'un autre ?
Rien n'a été promis rien n'a été dit jamais,
je l'ai reconnue mais je ne la connaissais pas
Ce n'est même pas une rencontre
Peut-être sommes-nous condamnés
elle à toujours disparaître
et moi toujours à l'attendre ?
Pourtant, tout me concerne ici,
le silence de cette pièce inconnue
est fait pour mon propre silence
comme cette voix pour ma voix.
Decrescendo. Allons, patience, patience !
Avant ce soir elle reviendra
elle reviendra je le sais — déjà
elle s'apprête à revenir
pendant que tourne le soleil autour de la maison

et que s'endorment les fauteuils
fatigués de ne porter le poids de
personne.

Un court silence.

La porte vitrée se met à trembler deux ou trois fois de plus en plus fort. Et on entend un vent violent. En même temps la lumière devient de plus en plus forte ; c'est le milieu du jour.

Ça, c'est le vent qui s'élève
comme s'il montait du fond de
notre mémoire
il rôdait tantôt dans la vallée
profonde
se heurtant à tous les arbres à
tous les murs
puis il est entré dans la maison
par le corridor
il a fait le tour de toutes les
chambres

Le bruit du vent diminue.

et maintenant qu'il s'en va
il laisse un gage sur le seuil de
toutes les portes
un fragment d'écorce une plume
de ramier un scarabée mort.

Le vent s'arrête.

Tel est donc le présent dérisoire
le léger léger testament
que laisse un souffle considéra-
ble !
A travers toutes les choses
passe une absence inutile,
peut-être même cette absence
est-elle dans les choses
comme leur secrète ivresse
et nous l'entourons de tout notre
amour.

Un silence.

La lumière tourne : elle semble venue de la gauche, à présent.

Maintenant que le jour a lourdement mûri dans la campagne
maintenant que la lumière a tourné
les meubles s'éveillent et me regardent.
Ils me regardent sans colère mais sans âme
ils me regardent sans rancune mais sans tendresse

Avec une véhémence croissante, presque avec une sourde colère.

Ah ! fauteuils, tables, lampes, rideaux
comment vous faire comprendre qui j'étais ?
Comment vous faire comprendre qui je suis ?
Un étranger qui ne vous connaît pas
qui ne veut pas vous connaître,
bien qu'il vous ait tout de suite reconnus !

De plus en plus fort, douloureux comme un délire d'enfant.
Presque crié.

Ah Vie ! Vie ! Dispersion ! Fausses rencontres !
Les pas, les voix, ici et ailleurs !
Des regards plein le souvenir,
le vent dans le jardin, le sable
dans les murs. On parle. Pourquoi ? je viens sans rien savoir.
Qui m'appelle ? JE NE COMPRENDS RIEN A TANT DE SILENCE.

Brusquement résonne du côté de la porte vitrée une grêle sonnette archaïque. Trois fois ! quatre, cinq, six fois ! Puis la porte vitrée s'ouvre sans donner passage à personne. Un nouveau si-

lence. Le ton de la voix redevient tranquille, naturel.

Puisque tu es là,
entre ! oui entre !
C'est cela
assieds-toi,
là sur ce fauteuil qui avait pris ton empreinte au cours des années !

Un silence.

Qu'as-tu à me dire ?

Un silence.

Allons, parle !

Un silence. Avec un peu d'énervement, presque avec rudesse.

Parle, mais parle, voyons !

Un silence.

Ainsi tu es venu, mais pour garder le silence !
C'était donc là tout ton message ?
C'est donc pour cela que tu es entré ?
Je ne sais pas ce que tu voulais me dire
je ne le sais pas et je ne le saurai jamais
puisque je ne sais pas qui tu es,
pas plus que je ne connais cette pièce
ni cette porte ni ces meubles !

La lumière du soir lance de longs rayons à travers la vitre et décroît peu à peu.

Pourquoi viens-tu me tourmenter
ici où je n'ai que faire moi-même ?
Qu'est-ce que c'est que ce rendez-vous
auquel nul n'a convié l'autre

où nous ne savons pas ce que nous avons à nous dire ?
Laisse-moi donc en paix
dans cette confusion
qui n'appartient pas plus à toi qu'à moi-même !
Laisse-moi reconnaître qui bon me semble
dans ce monde qui n'est à personne
et va-t'en : je ne puis aimer ce qui n'a pas de visage.

La nuit est tout à fait venue. Sans que l'on entende un seul pas, on devine que quelqu'un s'en va, car la porte vitrée sans bruit se referme. Un silence dans l'obscurité complète, puis on voit bouger la lueur d'une lampe qui semble portée par quelqu'un allant et venant paisiblement dans la pièce à côté. En même temps on entend très doucement et gaiement chantonner la même voix de jeune femme que tout à l'heure.

Avec une sorte de joie perverse et contenue :

Il m'est délicieux d'avoir des souvenirs obscurs

et comme antérieurs à ma vie !
Ceux-là, il me semble les avoir choisis de toute éternité
dans un apaisement sans fin.
Oui c'était bien ici ! Tout se passe
comme si j'avais vécu dans cette maison
Il y avait ceci et cela il y avait la vie
et il y avait mon enfance
qui a duré jusqu'à ma mort
il y avait cette lampe qu'une main très douce
portait dans la pièce à côté
il y avait le temps disparu
et cette fenêtre éclairée qui me fait signe dans la nuit.

LA VOIX DE JEUNE FEMME, *elle est fraîche et musicale comme au début, mais maintenant c'est une voix du soir, plus douce et plus tendre, avec la même inflexion chantante sur la deuxième syllabe.*

Me *v*oilà !... Me *v*oilà !...

A voix basse.

Est-ce que tu dors ?

VOIX DU RÉCITANT

Non je ne dors pas, je veille avec joie
je veille et je t'attends
dans cette maison qui n'est à personne.
J'attends ce que je n'attends pas
je reconnais ce que je n'ai jamais vu
je parle une langue que j'ignore
mais mon cœur bat quand j'entends ta voix

car ma folie est égale au hasard
qui nous assemble et nous désassemble
dans le profond désordre de tout.

La lampe s'éloigne, laissant la scène dans une complète obscurité.

Au fond tout au fond
il y a
l'absence
il y a
la paix !

Rideau.

Hiver 1950.

QUI EST LÀ ?

PERSONNAGES

LE PÈRE, *sans âge.*

LA MÈRE, *sans âge.*

LE FILS, *jeune homme.*

LA FEMME, *personnage venant on ne sait d'où.*

L'HOMME, *meurtrier accomplissant un ordre.*

La scène représente une pièce nue et vide.

Au fond, une porte ; à gauche, une fenêtre. La porte est fermée. La fenêtre est sombre, car il fait nuit au-dehors. Au premier plan, à droite, une table sur laquelle sont posées trois assiettes. Le Père (à gauche), la Mère (au milieu), le Fils (à droite) sont assis autour. Une lumière égale, quelconque et un peu triste, comme celle d'une salle d'attente de gare, baigne la pièce.

Par la simplicité calculée et presque effrayante de leur jeu (silences, intonations, tantôt pareilles à celles que l'on prend pour parler à un enfant malade, tantôt profondément graves, gestes très lents sauf aux moments pathétiques), les acteurs doivent donner l'impression — bien connue des psychologues — que tout cela « a dû avoir lieu déjà quelque part ».

LE PÈRE,
tournant la tête vers la salle.

Je suis le père. Voici ma femme et voici mon fils. Au-dehors la nuit est froide et longue, c'est l'hiver, mais ici nous nous réchauffons les uns les autres, et nous sommes assis à cette table pour apaiser notre faim, en échangeant des propos affectueux.

Un silence.

LE PÈRE *(il fait à lui seul la demande et la réponse, tandis que la Mère et le Fils se taisent, l'œil fixe).*

Qu'as-tu fait ce matin ? J'ai été à l'école. Et toi ? Je suis allée au marché. Qu'as-tu trouvé ? Des légumes plus chers qu'hier et de la viande à meilleur compte. Tant mieux, l'un compense l'autre. Et toi, que t'a dit le maître ? Que j'étais en grand progrès. Va, mon garçon, travaille, tu verras, tout ira bien. Ah ! que nous sommes heureux ensemble ! Que la nuit est froide et noire au-dehors ! Réjouissons-nous de n'avoir pas à sortir...

Une femme surgit de l'avant-scène gauche et interpelle le Père qui écoute et répond sans tourner la tête.

LA FEMME

Bonhomme de père, tu devrais prendre garde ! Il n'y a pas que la nuit au-dehors.

LE PÈRE

Que veux-tu dire ?

LA FEMME

Prends garde, prends garde ! *(Bas.)* Je crois qu'il y a un homme derrière la porte.

LE PÈRE

Que fait-il ?

LA FEMME

Je ne sais pas. Il attend.

LE PÈRE

Qu'attend-il ?

LA FEMME

Toi, peut-être...

LE PÈRE

C'est bon, je vais aller voir. *(La Femme disparaît. Le Père se lève, va vers la porte, l'ouvre : un homme très grand, vêtu d'une redingote de cérémonie, mais la tête nue, est debout sur le seuil.)* Que voulez-vous ?... Vous voulez me parler ? Alors, entrez !... Qu'avez-vous à me dire ?

En silence, l'Homme empoigne le Père et l'étrangle. Brusquement la fenêtre s'ouvre d'elle-même. L'Homme charge le cadavre sur son épaule et disparaît par la porte. Pendant ce temps, la Mère et le Fils détournent la tête vers la droite en cachant leur visage dans leurs mains et restent longtemps encore dans cette position. La Femme en noir reparaît à droite.

LA FEMME, *après un soupir.*

Et voilà ! Ce qui devait arriver est arrivé... au-dehors, la nuit touche à sa fin. Cesse de pleurer, bonne mère et va à la fenêtre ! *(La Mère se lève et va à la fenêtre.)* Que vois-tu ? Réponds ! Tu peux parler maintenant.

LA MÈRE

La campagne est couverte de morts.

LA FEMME

Et le faubourg ?

LA MÈRE

Le faubourg est couvert de fleurs.

LA FEMME

Et le soleil, que fait-il ?

LA MÈRE

Le soleil est au fond d'une cave, mais ses premiers rayons commencent à passer par un soupirail... *(Elle pousse un cri.)* Ah !...

LA FEMME, *rapidement.*

Que vois-tu ?

LA MÈRE

Je vois le père... là... parmi les morts...

LA FEMME

Ne le savais-tu pas, pauvre femme ?

LA MÈRE

Si ! Mais comme ses compagnons sont nombreux !

LA FEMME, *au Fils.*

Fils, va à la fenêtre et appelle ton père !

Le Fils se lève, va à la fenêtre et appelle, tandis que la Mère revient s'asseoir.

LE FILS

Père, père !... Pè-è-ère !...

LA FEMME

Est-ce qu'il t'a entendu ?

LE FILS

Oui ! Le voilà qui se lève... Il enjambe les autres morts... Il s'avance vers la maison...

LA MÈRE

J'entends son pas dans l'escalier... C'est lui... *(Le Père, ayant dans son attitude la dignité de la mort, apparaît sur le seuil de la porte restée ouverte. Le Fils se précipite vers lui en criant :* « Mon père ! » *La Mère plonge un instant son visage dans ses mains, puis se relève. La Mère, face au public, sans regarder le Père.)* Qui t'a tué ?

LE PÈRE

Ce n'était pas un homme.

LA MÈRE

Qui es-tu ?

LE PÈRE

Je ne suis pas un homme.

LA MÈRE

Qui étais-tu ?

LE PÈRE

Personne.

LA FEMME

Où donc est l'Homme ?

LE PÈRE

En aucun de nous.

LA MÈRE

Pourtant, je me souviens : tu vivais !...

LE PÈRE

En chacun de nous, l'Homme est mort. Il n'est plus, il n'est pas, ou pas encore.

LA FEMME

Où est-il ?

LE PÈRE

Cherchons ensemble : un jour, au milieu de nous... il *sera.*

La Mère, le Père et le Fils vont lentement s'asseoir autour de la table.

LA FEMME

La fenêtre s'éclaire... *(Une lueur colore en effet les vitres.)* Quelqu'un s'approche... Attendons !...

(1947)

Rideau.

LA POLITESSE INUTILE

PERSONNAGES

LE PROFESSEUR
L'ÉTUDIANT
LE VISITEUR

La scène représente le cabinet de travail du Professeur. Au fond à gauche, un petit couloir, en biais, conduit à la porte d'entrée. Au premier plan à droite, un guéridon supportant des livres, deux fauteuils et un ibis empaillé, derrière lesquels on aperçoit une haute bibliothèque.

Le Professeur conduit l'Étudiant jusqu'à la porte et lui fait ses dernières recommandations. L'Étudiant, un paquet de livres sous le bras, son béret à la main, écoute avec une expression de profond respect.

LE PROFESSEUR, *sentencieux, l'index levé.*

Et surtout rappelez-vous, mon ami, qu'au moment de l'examen, ce qui compte ce n'est pas ce que vous savez, ni ce que vous comprenez, mais ce que vous *êtes*...

L'ÉTUDIANT

Oui, monsieur le Professeur.

LE PROFESSEUR

C'est par *l'être,* et par l'être seulement que vous ferez votre entrée dans la vie.

L'ÉTUDIANT, *extrêmement sérieux et balbutiant.*

Oui, oui, bien sûr, monsieur le Professeur.

LE PROFESSEUR

Je dirai plus : Si vous *n'êtes* pas, vous ne sauriez prétendre à devenir quoi que ce soit... *(Brusquement avec une indignation oratoire.)* Et comment, jeune présomptueux, oseriez-vous paraître à un examen en vue d'obtenir un diplôme d'État, sans vous être assuré au préalable de votre propre existence ? Qui se portera garant de votre identité, sinon vous-même, je vous le demande ?

L'ÉTUDIANT, *terrifié.*

Je... je... me le demande, en effet, monsieur le Professeur.

LE PROFESSEUR, *avec une douceur paternelle, prouvant ainsi que sa colère n'était qu'un jeu.*

Allons ! Je vois que vous vous posez la question essentielle. C'est le premier pas de l'insatisfaction à la curiosité, de la curiosité à la recherche, de la recherche à la déception, de la déception à l'angoisse, et... *(suave)* de l'angoisse au désespoir. Allez, mon ami et bonne chance !

L'ÉTUDIANT, *avec feu.*

Oh ! merci, merci, monsieur le Professeur : vraiment... Comment vous... enfin... quel... je veux dire, merci de tout ce que...

LE PROFESSEUR, *lui tapotant l'épaule avec une affectueuse condescendance.*

Mais ce n'est rien, mon ami, ce n'est rien. Je veux que vous fassiez une carrière heureuse et profitable. Et souvenez-vous bien de cette maxime : l'Être est la dignité de l'Homme, comme l'Homme est la dignité de l'Être. *(Il le reconduit jusqu'à la porte.)* Allons, au revoir !...

L'ÉTUDIANT

Au revoir, monsieur le Professeur. *(Le Professeur ouvre la porte, l'Étudiant sort et, dans l'obscurité, se heurte à quelqu'un qui entre.)* Oh pardon !... Monsieur le Professeur, c'est un visiteur pour vous.

LE PROFESSEUR, *majestueusement.*

Faites entrer le visiteur !

L'Étudiant s'éloigne. Entre un homme d'aspect vulgaire, à la fois désinvolte, dédaigneux et comme pensant à autre chose. Il a le chapeau sur l'oreille et il joue avec un trousseau de clés. Dès ce moment, à l'attitude du Professeur, on sent qu'il doit se trouver, par rapport au Visiteur, dans une inquiétante situation de dépendance. Cependant il affecte l'insouciance et la bonne humeur.

LE PROFESSEUR

Eh bien ! entrez. Vous me voyez ravi de vous voir... *(Se frottant les mains.)* Comment allez-vous ?

Le Visiteur se tait avec une évidente insolence et inspecte nonchalamment la pièce.

LE PROFESSEUR, *plus faiblement.*

J'ai dit : Comment allez-vous ? Peut-être ne m'avez-vous pas entendu ?

LE VISITEUR, *haussant les épaules.*

Bien sûr que si !

LE PROFESSEUR

Parfait, parfait. Ainsi donc, votre santé est bonne. C'est un plaisir pour moi de l'apprendre. Nous allons pouvoir passer un agréable moment à converser ensemble... Mais au fait, asseyez-vous donc... *(Le Visi-*

teur reste debout.) Non ? Tant pis ! A votre aise. Je comprends : vous avez sans doute voyagé assis pendant de longues heures et vous préférez vous dégourdir les jambes ? Eh bien, parfait, parfait, comme il vous plaira. Quant à moi, vous me permettrez de m'asseoir, car j'ai eu aujourd'hui une journée bien fatigante. *(Il s'assied.)* Oui, l'enseignement est un bien beau métier, mais si épuisant, ne trouvez-vous pas ? *(Épanoui.)* La récompense, c'est de se sentir entouré de toutes ces âmes jeunes, frémissantes, ardentes, pétries d'espérance et de foi ! La récompense, c'est le respect que vous témoignent les meilleurs d'entre eux, oui, même les plus espiègles, c'est...

LE VISITEUR, *pointant son index vers le cou du Professeur.*

Là...

LE PROFESSEUR

Hé bé, hé bé, qu'y a-t-il ?

LE VISITEUR, *articulant à peine, avec dédain.*

Votre cravate... de travers...

LE PROFESSEUR, *rectifiant sa tenue.*

Oh pardon ! Excusez-moi. Je parlais, je parlais, et je ne m'apercevais pas que...

LE VISITEUR, *même jeu.*

Ça n'est rien... Pour le moment !

LE PROFESSEUR, *s'efforçant de sourire.*

D'ailleurs, pardonnez-moi si je parle tant de ma personne ! Un sujet bien mince ! C'est à vous de me dire quelles sont vos impressions, si vous vous plaisez dans cette ville, ce que vous comptez faire... Parlez, je serai enchanté de vous entendre... *(Le Visiteur regarde en l'air en sifflotant.)* Vous ne sauriez croire à quel point je m'intéresse à tout ce qui vous touche. Mais peut-être la modestie vous retient-elle de parler ? Oui, la pudeur des âmes fières... Mais je vous en prie, considérez-moi comme un ami et faites-moi l'honneur de vous confier entièrement à moi.

LE VISITEUR, *brutal.*

Au-cun in-té-rêt.

LE PROFESSEUR,
qui commence à se sentir mal à l'aise et devient d'autant plus aimable.

Oh ! voyons ! C'est vous qui le dites !... mais j'y songe : peut-être désireriez-vous prendre quelque chose : un biscuit, deux doigts de porto ? Je vais appeler ma femme...

Il se lève.

LE VISITEUR, *soudain hilare.*

Vous avez une femme, vous ! Ah ! par exemple ! *(Il rit avec cruauté.)* Ah ! ah ! une femme ! ah ! non !... c'est impayable !...

LE PROFESSEUR, *très démonté, mais s'efforçant de rester aimable.*

Mais bien sûr ! J'ai une femme ! la plus dévouée, la plus exquise, la plus...

LE VISITEUR, *sec.*

Ça suffit...

LE PROFESSEUR,
dans un sursaut de fierté.

Mais à la fin, monsieur, quel jeu jouez-vous avec moi ? Que signifie votre attitude envers un homme de ma situation et de mon mérite ? *(Se montant un peu.)* Savez-vous bien que vous avez affaire à un professeur réputé, qui vit environné de l'estime de ses collègues, du respect de ses élèves, de l'affection des siens ? Je commence à trouver...

LE VISITEUR, *ironique et menaçant, et comme s'il commençait à s'intéresser à la conversation.*

Ah ! vous commencez à trouver ?

LE PROFESSEUR

Parfaitement, je commence à trouver votre attitude singulièrement offensante à mon égard. A la fin, que me voulez-vous ?

LE VISITEUR, *se levant d'un bond et venant regarder le Professeur sous le nez.*

Tu veux le savoir ?

LE PROFESSEUR, *terrorisé et reculant vers la gauche.*

Oui, parfaitement, je veux le...

LE VISITEUR, *de plus en plus menaçant.*

Tu veux le savoir, dis ? Eh bien, tiens ! *(Férocement, il lui donne trois ou quatre gifles violentes avec la paume et le dos de la main. Le Professeur s'écroule sur le sol en renversant le guéridon et les livres. Le Visiteur reprenant son calme comme s'il venait d'accomplir un pénible mais nécessaire devoir et se tournant vers le public. Avec gravité.)* Je ne vous expliquerai pas cette histoire. Sans doute a-t-elle eu lieu très loin d'ici, au fond d'un mauvais souvenir. C'est de là que je viens, pour vous avertir et vous convaincre. *(A voix basse, un doigt sur les lèvres.)* Chut ! Il y a quelqu'un qui dort et qui pourrait m'entendre... Je reviendrai... *(Il s'éloigne sur la pointe des pieds.)*... demain.

Rideau.

(1947)

MONSIEUR MOI

Dialogue
avec un brillant partenaire

PERSONNAGES

MONSIEUR MOI, *personnage prétentieux qui fait des phrases.*

LE PARTENAIRE, *sorte de clown hilare et stupide aux cheveux rouges, aux vêtements trop larges, qui ne parle guère que par interjections.*

La scène ne représente rien : elle est plongée dans l'obscurité.

Les deux personnages arrivent lentement, tenant chacun une petite lanterne qui éclaire surtout leur visage.

MONSIEUR MOI

Toi qui m'as jusqu'ici tenu compagnie, arrête-toi, veux-tu ? N'allons pas plus loin !...

LE PARTENAIRE

Bon, bon, bon, bon !

MONSIEUR MOI

Et posons nos lanternes, afin de nous dégourdir les doigts !

Ils posent leurs lanternes par terre.

MONSIEUR MOI

Voilà qui est fait.

LE PARTENAIRE

Ouf!

MONSIEUR MOI

On ne saurait mieux dire.

LE PARTENAIRE, *battant des mains, avec satisfaction, comme pour se féliciter.*

Bravo, bravo!

MONSIEUR MOI

Sans doute vas-tu me demander pourquoi nous nous arrêtons?

LE PARTENAIRE

Bien... oui, dame!

MONSIEUR MOI

Je m'attendais, en effet, à cette question. Je te remercie de me l'avoir posée. Je te reconnais bien là.

LE PARTENAIRE, *flatté.*

Hé, hé!

MONSIEUR MOI

Parfait! Cependant, avant que je ne te réponde, considère-moi, je te prie, dans la situation où je me trouve, c'est-à-dire au point précis où nous sommes arrivés.

Le Partenaire prend la lanterne et la promène de haut en bas sur la silhouette de Monsieur Moi en le regardant avec attention.

MONSIEUR MOI

Pose cette lanterne! C'est avec les yeux de l'esprit que tu dois me considérer.

LE PARTENAIRE, *posant la lanterne.*

Là!

Il se concentre, en fronçant les sourcils.

MONSIEUR MOI

Réponds-moi ! Veux-tu me dire si je me vois bien tel que je dois être : parvenu au milieu du chemin, un homme de raison, n'est-ce pas là ce que je suis ?

LE PARTENAIRE,
avec une hâte obséquieuse.

Ah, ça oui ! Ah oui, oui ! Parbleu oui !

MONSIEUR MOI

Ainsi donc, un homme qui raisonne, c'est-à-dire qui mesure, compare, additionne, soustrait, bref qui se livre à des opérations exactes : tel est bien cet homme que je suis ?

LE PARTENAIRE, *définitif.*

Deux et deux, poum !

MONSIEUR MOI

Tel est du moins cet homme que j'étais, sur le chemin où nous nous avancions, avant de nous être arrêtés. Or, nous nous sommes arrêtés, n'est-ce pas la vérité ?

LE PARTENAIRE, *avec un geste d'arrêt.*

Crac !

MONSIEUR MOI

Eh bien ! tel que je te connais, je sens que tu vas me poser, encore une fois, ton éternelle question : pourquoi nous sommes-nous arrêtés ?

LE PARTENAIRE, *confus.*

Oh, pardon !

MONSIEUR MOI, *conciliant.*

Non, non, ne t'excuse pas ! Félicite-toi, au contraire ! Félicite-toi de ton insistance et de ta perspicacité ! Car c'est bien là le problème. Le problème majeur. Et sais-tu ce que je vais te répondre ?

LE PARTENAIRE,
comme un écolier interrogé alors qu'il ne s'y attendait pas.

Qui ça, moi ? Non !

MONSIEUR MOI

Je vais te répondre que *je ne sais pas* pourquoi nous nous sommes arrêtés. *Je-ne-le-sais-pas ! (Avec une soudaine sollicitude.)* Tu n'as pas peur, au moins ?

LE PARTENAIRE, *protestant fièrement.*

Oh ! non ! Oh, non, non, non, non !

MONSIEUR MOI, *poursuivant.*

Je ne sais pas, dis-je, pourquoi nous nous sommes arrêtés, mais, vois-tu, *c'est précisément pour cela que nous nous sommes arrêtés !*

LE PARTENAIRE, *écarquillant les yeux, au comble de l'étonnement.*

Bigre !

MONSIEUR MOI

C'est dire qu'il y avait, à cette étape de notre chemin, un obstacle : quelque chose d'inexplicable, quelque chose d'irréductible et d'opaque contre quoi nous nous sommes heurtés.

LE PARTENAIRE, *intelligemment.*

Boum !

MONSIEUR MOI

On ne saurait mieux dire. Nous nous sommes heurtés précisément contre ce qui nous empêchait d'avancer. Or, cet obstacle, nous ne le connaissons pas et il y a peu de chances que nous arrivions à le connaître... *(Comme sortant d'un rêve.)* Hein ? Quoi ?

LE PARTENAIRE

Mais... rien !

MONSIEUR MOI

Comment ? Je croyais que tu avais parlé !

LE PARTENAIRE

Oui ? Moi ?

MONSIEUR MOI

Oui, toi !

LE PARTENAIRE

Moi, non !

MONSIEUR MOI

Alors, c'était peut-être moi. Oui, ce devait être moi, car j'étais en train de me dire que ma vie était une chose bien étrange.

LE PARTENAIRE, *avec pitié.*

Hélas !

MONSIEUR MOI

Oui, il y a dans ma vie je ne sais quoi d'incompréhensible et d'inacceptable, une chose peut-être grandiose, peut-être atroce — en tout cas, sans commune mesure avec moi-même et autour de laquelle, cependant, toute ma vie, tu m'entends, toute ma vie est construite. *(Le Partenaire fait entendre un long sifflement exprimant la grandeur de cette chose.)* Souvent j'y pense et chaque fois j'ai peur, car je ne puis même pas deviner ce que c'est : on dirait un mauvais souvenir, quelque événement qui m'est étranger et qui pourtant pèse à mes épaules comme un fardeau personnel. Ce fut peut-être un moment de démence glissé au centre de ma raison, peut-être l'immensité de rien au milieu de mon être.

LE PARTENAIRE, *terrifié.*

Oh ! là la !

MONSIEUR MOI

Tes réflexions prouvent surabondamment l'intérêt que tu me portes. Tu m'es vraiment d'un grand secours.

LE PARTENAIRE,
avec une feinte modestie.

Beuh !...

MONSIEUR MOI

Mais si, mais si ! Ne proteste pas ! En tout cas, tu m'as bel et bien accompagné jusqu'ici, c'est un fait. Et si nous nous sommes arrêtés, ce n'est certes pas ta faute.

LE PARTENAIRE

Ah, ça non !

MONSIEUR MOI

Je croirais plutôt, vois-tu, que ce qui nous a arrêtés, c'était cette chose, cette chose toujours la même. Qu'en penses-tu ?

LE PARTENAIRE, *perplexe.*

Ma foi !...

MONSIEUR MOI

A mon avis, cette chose était là, à nous attendre, au beau milieu du chemin — et, bien qu'elle soit là, là, devant nous, impossible de savoir ce qu'elle est ! Tu avoueras que c'est une situation bien embarrassante pour des esprits aussi avisés que les nôtres ?

LE PARTENAIRE, *bruyamment.*

Ah, ça oui, alors !

MONSIEUR MOI

Mais je vais te surprendre encore bien davantage. Moi qui te parle et à qui tu réponds avec tant de pertinence, moi qui ai peur de cette chose incompréhensible, je puis, du moins, me donner l'avantage de la *contourner*. Comprends-tu cela ? Je puis faire le tour de cet obstacle avec ma raison... Tu me suis toujours, n'est-ce pas : *avec ma raison ?*

LE PARTENAIRE, *comme un faible écho.*

Avec ma raison.

MONSIEUR MOI

Et avec mes pieds aussi, d'ailleurs. Me suis-tu ? *Avec mes pieds.*

LE PARTENAIRE, *même jeu.*

Avec mes pieds.

MONSIEUR MOI

Et quand j'en aurai fait le tour, alors, tout à coup, d'un mouvement vif, comme un escamoteur, je pourrai mettre La Chose dans mon sac ! Ni vu ni connu ! Le tour est joué !

LE PARTENAIRE, *ravi,*
comme s'il escamotait un objet.

Couic !...

Il se frotte les mains avec satisfaction.

MONSIEUR MOI, *serein.*

Et, mon sac sur le dos, je pourrai enfin continuer à marcher !

LE PARTENAIRE, *au comble de la joie.*

Pfuitt ! Pfuitt ! Padadam !

MONSIEUR MOI, *redevenu grave.*

Vois-tu, c'est un grand réconfort que de pouvoir cerner ce qui vous menace. J'entends : cerner par la pensée, ou par une simple image, par un geste peut-être... Je ne vais pas au cœur du gouffre : comment le pourrais-je ? Mais je fais le tour de ses bords et, quand je sais que ma démence, avec la démence du monde, est contenue dans ma raison, quand je fais tomber dans mon regard ce grand ciel incompréhensible qui se mélange à mes propres ténèbres, quand ma vie protège ma cendre avec sollicitude, alors je tiens tous les tonnerres dans un fil et mon crime inconnu dans ma royale innocence. Je m'endors réconcilié.

LE PARTENAIRE,
après un énorme effort.

Et alors ?

MONSIEUR MOI,
tiré de son abîme de réflexions.

Hein ? Quoi ? Comment : et alors ?

LE PARTENAIRE, *montrant le chemin.*

Alors... on y va ?

MONSIEUR MOI

Oui ! Nous allons, comme on dit, « tourner la difficulté ». Il y a, non loin d'ici, un passage. Nous allons nous y engager sans crainte. Mais pas un mot, pas un bruit ! Attention aux avalanches !... Chu-u-ut !

LE PARTENAIRE,
un doigt sur les lèvres.

Chut !

MONSIEUR MOI

Chut ! Chut !

LE PARTENAIRE

Chut ! Chut ! Chut !

Ils reprennent leurs lanternes et s'en vont sur la pointe des pieds, en tournant lentement l'un derrière l'autre.

Rideau.

(Paris, 1950.)

LE SACRE DE LA NUIT

PERSONNAGES

L'HOMME, *personnage assis.*
LA FEMME, *personnage debout.*
Tous deux sont jeunes.

La scène représente une pièce vide, plongée dans l'obscurité.

Au premier plan à droite, un homme est assis. Il est éclairé par la lumière bleue d'un projecteur. Au fond à gauche, une grande fenêtre ouverte sur la lueur blanchâtre d'un ciel nocturne plein d'étoiles. Auprès de cette fenêtre, la main posée sur le rebord, une femme jeune et très belle se tient debout. Sa silhouette est dessinée par le reflet de la nuit lumineuse.

Les deux protagonistes parlent sur le ton d'un ravissement continuel, allant jusqu'au délire.

Ils ne bougeront pas de leur place jusqu'à la fin. L'Homme parle face au public, mais s'adresse à la Jeune Femme. Celle-ci lui répond en décrivant ce qu'elle voit au-dehors.

L'HOMME

Allez à la fenêtre, ma beauté, mon amour — et dites ce que vous voyez.

LA FEMME

J'aperçois une étoile dans le ciel.

L'HOMME

Ne voyez-vous vraiment qu'une seule étoile ?

LA FEMME

J'en vois une autre maintenant... Et même plusieurs... Et même une multitude !

L'HOMME

Ne voyez-vous rien d'autre sous le ciel ?

LA FEMME

Rien d'autre, mon ami.

L'HOMME

Pas même un pauvre nuage ?

LA FEMME

Pas même un pauvre nuage.

L'HOMME

Pas même un malin petit esprit, moitié homme, moitié chauve-souris ?

LA FEMME

Pas même un malin petit esprit.

L'HOMME

Ne voyez-vous rien sur la terre ?

LA FEMME

Je vois des nappes de clarté, sur les arbres des fils d'argent, l'eau qui luit entre les branches, les toits qui scintillent, la route qui va.

L'HOMME

Et pas même, dans tout ceci, des fourgons masqués, ni des troupes en marche, ni des bêtes cornues dressées sur leurs jambes d'hommes ?

LA FEMME

Rien de tout cela, mon ami : ni fourgons, ni troupes, ni bêtes cornues.

L'HOMME

Alors, que la paix soit au monde ! Alors, aimez-moi comme cette lumière aime cette campagne !

LA FEMME

Je vous aime ainsi, mon amour.

L'HOMME

Remontez vers le ciel ! Donnez-moi sa clarté dans votre voix, dans vos paroles.

LA FEMME

J'entends, il me semble... il me semble entendre...

L'HOMME

Qu'entendez-vous ?

LA FEMME

J'entends le froissement léger de l'herbe des étoiles, le vol de la vapeur de l'eau, le souffle retenu de l'air.

L'HOMME

J'entends ton regard dans ta voix. Je n'ai pas besoin de me retourner ni de regarder. Cette fenêtre t'appartient. Par toi je sais ce qui se passe au-dehors.

LA FEMME

Il n'y a rien d'autre que le temps. L'espace le contient et l'endort. Je te les donne à pleines brassées.

L'HOMME

C'est à nous de veiller, de veiller sans relâche et sans peur. C'est à nous d'héberger cette nuit suspendue à nos lèvres. Ouvre encore une fois les yeux pour moi, mon amour.

LA FEMME

J'ouvre les yeux pour que tu voies.

L'HOMME

Élève ton regard, mon amour !

LA FEMME

J'élève mon regard aussi loin qu'il peut aller.

L'HOMME

Il va plus loin que lui-même. Il va beaucoup plus loin que toi. Il va même plus loin que ta pensée, ou que tes songes si tu dors.

LA FEMME

Je ne dors pas, je veille à tes côtés.

L'HOMME

Tu veilles par amour et ton regard atteint ce que tu ne peux connaître, puisqu'il plonge dans cette nuit.

LA FEMME

Je sens comme un immense bien-être, dans mes yeux, sur mon front, puis dans tout mon corps.

L'HOMME

C'est la nuit de l'espace qui se mélange à ton regard.

LA FEMME

Mon cœur résonne d'une joie inconnue, haute et profonde comme une voûte.

L'HOMME

C'est l'espace éternel qui descend dans ton esprit et ouvre toutes ses fenêtres.

LA FEMME

Ma bouche ne peut plus parler. Mon âme chante.

L'HOMME

C'est le SACRE ! *(Un silence. Reprenant à voix plus basse.)* Les démons et les dieux sont en fuite. Tu as fait alliance avec l'espace nocturne, tu es entrée en communion avec l'innocence du monde. Réjouis-toi dans ce bain de lumière, de miel et de fraîcheur. Renais, blanche et parée pour l'amour, portée sur les ailes du temps immobile, légère dans ma nuit qui t'adore. Viens !

L'Homme se lève. La Femme et lui s'avancent lentement l'un vers l'autre. Arrivés au milieu de la scène, ils se prennent la main et s'en vont lentement vers la droite.

LA FEMME

Je t'accompagne sur la route sans fin.

L'HOMME

Quand viendra le jour, à notre rencontre, souviens-toi que la nuit nous a donné le secret !

Ils disparaissent.

Rideau.

(1948)

L'ÉPOUVANTAIL

IMPROMPTU DE CÉRIZY

Monologue de plein air

La scène représente — ou symbolise — une grande plaine cultivée et déserte, à la fin d'un après-midi d'automne.

Au premier plan se dresse un « épouvantail » classique : une sorte de mannequin simulant « un bonhomme », de haute taille.

Il est habillé de vêtements en loques (faits de pièces rapportées très colorées), rembourrés de paille et de chiffons.

Il a les bras en croix, ses mains sont faites de vieux gants déchirés. Sa tête, où l'on ne voit guère que de la barbe et des moustaches hirsutes, ainsi qu'une broussaille de sourcils, est recouverte d'un vieux chapeau de feutre troué.

Il parle d'une voix enrouée, traînarde, un peu comme un ivrogne.

On peut lui donner un accent de terroir — berrichon, bourguignon ou auvergnat par exemple — avec, parfois, des accents rageurs.

Nota : L'acteur qui tient le rôle aura eu soin de « truquer » son déguisement de façon à dissimuler ses bras le long du corps, sous les haillons.

Ses « bras d'épouvantail » seront soutenus par un bâton passé horizontalement derrière les épaules et enfilé dans les manches.

Lorsque le rideau se lève ou s'écarte, et que la lumière l'éclaire peu à peu, l'Épouvantail est en train de grommeler quelques mots indistincts, coupés de grognements.
Il bâille longuement.

L'ÉPOUVANTAIL, *d'une voix d'abord empâtée et sourde puis de plus en plus distincte.*

Bonsoir de bonsoir, comme je m'ennuie
dans cette plaine sans fin
où ne passe pas un homme pareil à moi !

Avec un hoquet de hargne et de dérision.

Pareil à moi l'Épouvantail.

Un temps.
On entend le vent puis un petit sifflement intermittent.

Debout et solitaire par tous les temps,
les gens du village m'ont planté là
pour faire peur aux oiseaux pillards
pour les empêcher de voler le grain des semailles
puis le grain qui mûrit puis le grain de la moisson.

Il bâille de nouveau.

Chaque année on me porte jusqu'ici
sur le chariot de la ferme
et c'est une fête pour tous —
putains de charognes —

quand ils me dressent au-dessus des champs,
où je dois rester vigilant et immobile, pendant que la
terre
fait la moitié de son tour!
Les enfants rient ils battent des mains
sans prendre garde à ma misère,
au soleil qui va me brûler
au froid et à la pluie qui vont me geler!
Ensuite, adieu tout le monde, on s'en va
en me souhaitant bonne chance par dérision
car je reste seul au milieu des labours
avec mes vêtements pleins de trous
sans pouvoir faire un pas. Voyez!
Le vent qui me secoue sans pitié
fait tournoyer mon vieux chapeau en loques
trembler mes longs bras bourrés de paille
et résonner un drôle de sifflet logé dans ma tête :
c'est là tout le mouvement qui m'est permis.

Une rafale de vent fait résonner trois ou quatre fois le sifflet.
L'Épouvantail pousse un long soupir.

Je me souviens d'autrefois
quand j'étais un enfant comme les autres
avec des jambes des bras, des yeux qui bougent.
Je montais dans le grenier de la maison
j'ouvrais les vieux coffres poussiéreux
pleins de souvenirs des ancêtres
j'y trouvais des habits anciens.
Surtout me plaisait l'uniforme de Garde national
de l'arrière-grand-père, du temps du Roi-Bourgeois.
Il y avait l'habit de drap noir très lourd
avec les épaulettes comme une barbe rouge
le shako très haut le baudrier de cuir blanc
et le sabre le grand sabre mal aiguisé.

Un soupir.

Bonsoir de bonsoir, c'était le temps de jadis.
En catimini, j'emportais la défroque sur le pré
derrière l'écurie. Caché par les pommiers
je m'habillais avec cérémonie

et tout le jour je remportais des victoires
sur ces ennemis terribles
que sont les pissenlits les reines des prés
les mouches bleues, les papillons jaunes et blancs dans le soleil.
J'étais déjà l'Épouvantail
mais pour moi-même seulement
et pour la gloire d'être en vie.

Un temps.
Quelques cris d'oiseaux se font entendre : moineaux, alouettes, corbeaux, etc.

Le temps a passé. Maintenant encore
je dois gagner des batailles
mais je me bats contre ceux que j'aime,
on me les a désignés comme ennemis :
c'est l'alouette qui chante si haut qu'on ne la voit pas
les moineaux bavards et rieurs, les étourneaux
qui s'abattent par bandes sur les terres
les merles inspirés les hirondelles ivres de vitesse
et les corbeaux dont l'habit noir a des reflets bleutés.
Moi je suis le soldat à l'avant-poste
mais je n'ai plus le beau costume de l'ancêtre
et souvent je trahis. Quand le vent renonce à me secouer
je laisse les chanteurs à bec et à plumes
se gorger de froment se rassasier d'avoine
et je ris sous mon chapeau troué. Quel bon tour
je joue aux villageois, mes geôliers, mes tortionnaires !

Il rit d'un rire gras et bref. Un temps.

C'est ainsi que la large plaine
où il fait si bon respirer l'espace
où chaque saison laisse un sillage embaumé,
on me l'a changée en prison par un jugement sans appel
et certes il n'est pas de pire châtiment
que cette solitude sans fin
et le mutisme de ce monde

Avec véhémence, en regardant le ciel.

Pourquoi oh pourquoi m'avez-vous abandonné ?

Un temps.
On entend l'Épouvantail bougonner dans sa barbe.
Le paragraphe qui suit sera dit avec un « crescendo » progressif.

À défaut de réponse
j'attends l'orage comme une promesse
de délivrance, de révolte.
Je flaire le moment d'être libre
de m'en aller d'ici pour toujours.
Quand l'ouragan s'annonce au ras du sol
par le frémissement de l'herbe
quand les nuages deviennent sombres
quand l'éclair déchire d'un coup la toile de l'horizon
quand le tonnerre roule ses barriques
quand la pluie s'abat torrentielle
quand le grand fracas libérateur
fait craquer mes jointures de bois,
alors je hurle à l'été qui me tue :
je suis ta victime reconnaissante.
Si la foudre me consume, tant mieux !
J'aurai joué mon rôle, otage solitaire et fracassé
car ce que je protège
ce ne sont pas seulement les semailles
c'est l'homme, l'homme tout entier.
Son crime, je l'assume.
Moi le plus misérable de tous
j'en fais mon affaire ! À cause de moi
il peut continuer à vivre, à aimer pour se reproduire
et pour répandre toujours davantage
l'épouvante sur toute la terre
jusqu'à la fin de cette race
à la fois maudite et sacrée...

Un temps, comme s'il reprenait sa respiration.
La lumière baisse rapidement, la nuit approche.

En attendant ce qui doit venir
et qui jamais ne se montre
dans l'espérance et dans la crainte

passent les saisons. Le printemps s'éloigne de moi
puis l'été qui a mûri les moissons
grâce à moi et malgré moi.
Vient le moment de la récolte.
Au bruit des essieux qui crient
s'approche le charroi des moissonneurs
mais ils sont aussi taciturnes
que les arbres et les cailloux.
Même en mangeant le pain sauvé des oiseaux
même en buvant le vin volé aux vignobles
ils ne savent que dire :
ils regardent le ciel
avec reproche, avec inquiétude
et ils hochent la tête avant de rentrer chez eux.

Un temps.

L'automne arrive avec ses ombres.
Les enfants ont grandi, ils ne me jettent plus de pierres
ils sont silencieux, eux aussi,
devant les livres de classe, à la lueur de la lampe.
Quelquefois, devenu inutile on m'emporte
on me jette dans la grange sur un tas de bois
on m'oublie et je me morfonds, toujours seul
jusqu'au printemps prochain.
Souvent aussi on me laisse là
pour que je crève,
héros et victime dérisoire
d'une guerre dépassée.

Un ton plus bas, avec un accent qui tient à la fois de la confidence et d'une ruse enjouée, pendant que l'obscurité s'accroît.

Mais ça n'est pas si simple !
Je vais vous raconter ce qui m'advient en secret !
Ne le dites à personne !
Je me secoue, je me secoue
mais, cette fois, sans avoir besoin du vent
et voilà que peu à peu
je retrouve mes deux jambes d'homme
je retrouve la joie d'être debout
et de changer de place à mon gré !

Je m'arrache à cette terre
que j'étais chargé de défendre
et qui ne m'a jamais récompensé
et je me mets à marcher jusqu'au chemin
à faire sonner sur les pierres mes vieux talons ferrés.

Il s'étire en respirant à pleins poumons

Ah, que c'est bon de renaître !
Elle m'entend,
ma sœur aveugle et muette, la Nuit,
ma grande amie
qui vient des origines
et s'en va je ne sais où
comme moi.

Alors je n'ai pas de plus grand bonheur,
pour croire encore que j'existe,
que d'éveiller la colère d'un chien
évadé d'une ferme voisine.
Lui aussi joue son rôle de défenseur imbécile,
pour lui tout ce qui bouge est l'ennemi.
Il me suit de près avec son jappement.

La nuit est maintenant totale.

On distingue toutefois — très vaguement — la silhouette de l'Épouvantail qui s'ébranle et se met lentement en marche vers les coulisses.

Mais je n'ai pas peur. Qu'est-ce que ses crocs
pourraient arracher de plus à mes haillons ?
Et qu'est-ce qui fait le plus peur à tout le monde
l'aboiement d'un chien
ou l'ombre d'un homme ?

On entend s'éloigner des pas lourds suivis d'un aboiement de chien hargneux.

Fin

Gerberoy
7-13 juillet 1981

MALÉDICTIONS D'UNE FURIE

Soliloque tragique

Il n'y a pas de scène, mais une sorte de lieu vague, sans âge, sans forme et sans limites, à la fois obscur et fascinant où passent les couleurs fugitives d'un univers en fusion, plein de flammes et de cendres, sans cesse agité d'enfantements et de désastres.

LA FURIE, *belle, frénétique et blanche,*
sortant des ténèbres.
D'abord à voix basse et sifflante.

Par la libation mince et noire, par le sang,
par l'odeur fade et écœurante de la bête égorgée,
par la blessure et par la colère, par le galop et par le cri,
par la fièvre, par la folie,
par toutes les races dont la chair morte
nourrit la terre et porte la vie,
ô pourriture, ô phosphorescence couleur de la nuit sidérale

Comme une plainte, qui se termine par un cri.

o, ohé, ohi, ah, aha, ahé, ahi, ahiii !

Elle s'arrête. Elle reprend son souffle un instant Le crescendo va commencer par un trépignement rythmé.

Ah par le poing, ah par la griffe et la dent, ah par la corne et le sabot,
par cette vie infirme et vacillante,

ô lampe creuse, ô flamme qui se meurt à tout moment !
par cette race que je guette et que je torture et que
j'incarne
jusqu'à prendre sa forme et sa voix quand je
remonte de l'Érèbe
et que j'ai cent mille ans de cris amassés dans
ma gorge...

Elle reprend souffle encore une fois, plus profondément, comme parvenue à un nouveau palier, avant la dernière montée jusqu'à la malédiction furibonde.

Par tout ce qui fuit et rampe et s'accroît et
dépérit,
par le tumulte du désordre à chaque instant du
fond des ombres secoué,
terre, terre, terre, terre, sifflement
de tous les serpents de tous les ouragans dans
ma chevelure,
de tous les sillages de toutes les ailes,
de toutes les démences de toutes les vagues,
de tous les chariots grinçant dans le ciel,
terre, océan, azur, abîme,
astres, astres, poussière d'astres, ah ! pluie, ah ! délire,
ah !
ah, ahé, ahi, ahiii,

JE TE MAUDIS, TEMPS INSONDABLE !...

Elle s'arrête, comme égarée, puis reprend, encore haletante, un ton plus bas.

Je te maudis, temps insondable et monotone,
je sors pour cela des ténèbres,
hors de moi, blanche et noire comme la fumée
du sacrifice,
je te maudis, Temps nourricier des siècles ronds,
empereur le pied posé sur le globe,
silence peuplé de tous les souffles d'agonie,
silence à ta hauteur, à ta distance immémoriale,
mais vacarme et tonnerre, et plainte et hurlement
lorsqu'on écoute de plus près,

je te maudis, Père et Dévorateur de ce qui est,
Chronos,
mâchoire horrible, dégoulinant du sang de tes propres
enfants
et l'œil fou là-haut sous la broussaille des sourcils,
je maudis le torrent des créatures dans ta bouche
et la vaine circulation de toutes choses sous ton
front,
danse cruelle, danse fatale, danse hagarde qui te
fait rire !...

Sur le « i » qui la secoue tout entière, renversée en arrière comme en proie à l'amour et à la mort, elle se rassemble soudain, devient droite, grande, majestueuse, lente, solennelle — presque humaine.

Je ris avec toi, du rire de l'épouvante
et de la honte et du dégoût,
car il est inutile et dérisoire, le sacrifice éternel
des vivants
et lorsque l'urne abominable dans le gouffre
verse le flot épais de toutes les douleurs,
elle ne comble pas les déserts de l'espace
plus que ne le ferait dans ta coupe tremblante,
ô sacrificateur, une goutte de sang !

Paris, 1955-1958.

TROIS PERSONNES ENTRÉES DANS DES TABLEAUX

Dialogue à jouer

PERSONNAGES

L'HOMME

LA FEMME

LE VOYAGEUR

Pas de décor. Un fond neutre (murs ou rideaux) sur lequel pourront jouer à plein les projections.

Au lever du rideau, la femme, vêtue sobrement (dans les bruns, les marron, les beiges, les noirs) est assise au premier plan, les mains reposant sur les genoux, face au public.

L'homme est debout, à sa gauche, au second plan, immobile. Il est vêtu simplement : tricot à col roulé bleu, pantalon de velours noir. Il s'adresse à la femme sans la regarder. Pendant ce temps, la projection d'un tableau de Braque recouvre entièrement la femme et l'espace qui l'entoure (et non l'homme).

L'HOMME

Depuis que tu es entrée dans ce tableau,
je te trouve belle
très belle
belle comme une pomme
comme une pomme de terre
comme une pomme de terre de feu
comme une pomme de terre de feu de bois.

LA FEMME, *sans bouger.*

Depuis que je suis entrée dans ce tableau
je me sens bien.
Je suis dans mes épaisseurs dans mes solides
Autour de moi tout est plein tout est cuit à point.
je me sens vraiment une bonne ménagère
d'aujourd'hui midi plein jour.

L'HOMME, *calme, souriant, confiant.*

Je caresse des yeux ta rondeur de pichet fendu
ton anse ton cou ton bec arrondi
pichet du haut en bas fendu mon pichet de
terre
de terre cuite à point, de terre de pomme, de
terre de feu
de terre mienne, de terre brûlée de terre à bois de terre
à moi.

LA FEMME

Je sens que peu à peu c'est un bonheur je m'efface
dans ce qui me soutient dans ce qui me porte
dans ce qui me comble m'entoure me remplit.

L'HOMME

Tu ne me quittes pas cependant tu es présente, objet,
objet présent calme assuré bonifié retrouvé
à plat dans tes bords tu t'étales, heureuse et
brune.
Parfois quand je te regarde coupée en deux et
décalée
dans ton miroir porteur de fruits bruns, de damiers
obliques
de poissons noirs sur une assiette,
tes deux moitiés de pomme coupée
l'une contre l'autre sans bruit
glissent comme les plans dans la géométrie
comme les saveurs dans la bouche
comme les planètes bien réglées sur leur axe.
C'est pourquoi...

Un temps.

LA FEMME

C'est pourquoi ?
Tu sembles annoncer quelque chose.
Tu es comme suspendu...

L'HOMME

Tu as raison tu as peut-être raison.

LA FEMME

Tu ne veux pas t'en aller, je suppose ?

L'HOMME

M'en aller ? Oui et non.

LA FEMME

Qu'est-ce que ça veut dire ? Moi, regarde, ici je ne m'en vais pas.

L'HOMME

C'est vrai tu n'as pas à t'en aller.
Tu dois rester dans ta magnificence, dans ta royale plénitude
dans ta rigueur dans ta majesté grave heureuse présente,
bâtie équilibrée porteuse apaisée souveraine.
Mais moi...

LA FEMME

Mais toi ?

La projection du tableau de Braque s'arrête. Instantanément un tableau de Miró — un « grand bleu » — est projeté et recouvre l'homme ainsi que ce qui l'entoure, cependant que la femme entre dans l'ombre.

L'HOMME

Moi je dois m'en aller
dans un autre tableau il est là tu ne le vois pas.
Ne te retourne pas.

LA FEMME, *gentiment.*

Dois-je avoir peur ?

L'HOMME

Pas du tout. Non pas du tout.
Tu ne dois pas avoir peur du tout.
Et pourtant...

LA FEMME

Et pourtant ? Finis donc tes phrases !

L'HOMME

Et pourtant je vais à l'aventure
je vais à grands pas dans une aventure sans fin.

LA FEMME

Alors, est-ce toi qui as peur ?

L'HOMME

Mais non mais non, moi non plus je n'ai pas peur.
J'ai très envie de cette aventure.
C'est toujours épatant de partir
de s'évader dans un grand espace
en dehors des formes connues.

LA FEMME

Ah ! Ah ! je vois ! tu pars dans un espace !

L'HOMME

Où partirait-on, si ce n'est dans un espace ?
oui un espace uni
Uni uni, d'une seule couleur
qui comble le regard
mais une couleur comme un golfe
zébré d'éclairs, de taches éclaboussées éblouissantes
de trajectoires velues
de points de points
de points tout à coup dans le large bleu

LA FEMME

Serais-tu déjà parti ?

L'HOMME,
disparaissant au fond de la scène
cependant que sa voix s'amplifie
et résonne de plus en plus
et que la projection reste seule.

Certainement je suis déjà parti
je vole à pleine vague, je plane en plein vol
je suis dans un grand bleu intense qui me porte,
un grand bleu tout rouge un grand bleu-violet.

LA FEMME, *toujours sans bouger.*

C'est curieux je devrais avoir peur de te perdre
et pourtant ta voix est si claire
que je reste calme et heureuse ici.

L'HOMME, *au loin.*

J'arrache au vol des serpentins de feu des oursins de couleur
Il ne m'en reste qu'un peu de poudre aux doigts.
Je m'enfonce dans une étendue légère
une étendue peuplée seulement par la lumière
un élément sans limite
une sorte de ciel
conçu par l'esprit
plus pur que l'air
sans écho sans ombre
sans reflet : un élément,
absolu élément de mon œil navigateur
absolu élément de mon plaisir de voir
ponctué de taches d'or, de rouge éclaté,
de signes pour moi seul
de noirs, profond velours vivant,
de points de points, moi-même un point je vogue
je plane et vais sans fin sans peur j'invente
ravi ailé libéré dispos.

Sa voix s'éloigne de plus en plus et finira par se perdre tout à fait sur les mots suivants.

du bleu du bleu du bleu
des points des taches des trajectoires
dans le bleu dans le bleu
des points des taches des trajectoires
points... taches... trajectoires
bleu... bleu... bleu...

Un silence. La projection du Miró s'arrête. Aussitôt reparaît la projection d'un tableau de Braque — le même ou un autre.

LA FEMME

Je ne crains pas ce silence.
C'est le silence de ce qui est dans la maison.
Ce qui est par soi-même n'a pas besoin
d'autre chose que d'être et je suis.
Je suis dans le silence de mes épaisseurs brunes
comme tu es dans le silence de ton élément pur
mon espace est plein bourré comme un panier comme un œuf
ton espace est infiniment vaste
ton espace est ciel sur ciel...
mon espace est terre sur terre.

Un silence. On commence à entendre au loin une cloche de village, puis un violon naïf, un « crincrin », puis on frappe à la porte. Elle rit :

Entrez ! Je sais qui vous êtes :
sautez donc par-dessus la porte
par-dessus la maison, ça n'est pas difficile
pour vous !

Le voyageur entre au milieu de la scène. Aussitôt cesse la projection du Braque, remplacée par la projection d'un tableau de Chagall.

LE VOYAGEUR, *souriant et mélancolique.*

Vous avez raison. Je frappe pour la forme
parce que dans tous les contes
celui qui veut entrer dans une maison
doit d'abord frapper à la porte.
Vous êtes seule ?

LA FEMME

Il est à côté, c'est-à-dire très loin
il navigue dans le bleu !

LE VOYAGEUR

Je vois, je vois ! Moi je m'élève au-dessus des paysages
où il y a beaucoup de choses figurées,
des moutons, des ânes, des hommes des femmes qui volent
des enfants, des maisons, des arbres, des églises,
de la neige pourpre, des anges paysans en casquette
un grand va-et-vient légendaire...

Gentiment à la femme :

Puis-je entrer ?

LA FEMME, *souriant.*

Vous savez bien que vous ne le pouvez pas !
Comment un avion pourrait-il entrer dans une pomme ?
Il n'y a pas de creux ici pas le moindre vide
où l'on puisse évoluer
en dehors des mouvements bien huilés
de l'horloge de ce monde-ci
mais vous, dans un autre monde, vous dansez !

Deux projections apparaissent côte à côte : au centre un Chagall, à droite un Braque.

LE VOYAGEUR

Nous serons donc côte à côte, voulez-vous ?
C'est vrai : quand je m'avance tout cède
sans effort et tout est possible
je peux faire voler dans l'air
le laboureur avec sa charrue
je peux donner la même dimension
aux mariés de la noce de village
et à la petite église
qu'ils tiennent en laisse comme un animal domestique.

LA FEMME

C'est amusant vos couleurs acides
vos dissonances vives et aiguës
le vin bleu le vin couleur de sang
le vin vert le lie-de-vin le vin jaune
cela désaltère quand on a soif.

LE VOYAGEUR

C'est rassurant vos couleurs tonales
vos terres de Sienne vos terres de pierre
vos terres de bois de papier
vos terres d'âtre et de forgeron
de bûcheron de boulanger
et par-ci par-là dans la bouche
des bleus fondants des huiles de saveur
cela nourrit quand on a faim.

L'homme reparaît à gauche. Il est recouvert de la projection d'un Miró. Les trois projections se maintiendront côte à côte jusqu'à la fin.

L'HOMME, *sa voix soudainement toute proche.*

L'homme a toujours faim et soif
de tout ce qui le prolonge
ou très au-delà ou en profondeur ou très en deçà
dans tous les sens il fait qu'il s'efforce
qu'il brise, qu'il éclate, qu'il soit davantage,
davantage en soi-même enfoncé
davantage en vrille dans les choses
davantage au-dehors dans les grands virages
dans le puits ou sur l'aile sifflante
en soi-même enfoncé hors de soi dépassé
ou plus lui-même ou infiniment moins
ou par-delà ou à travers ou au fond ou en arrière
dessus dessous demain autrefois aujourd'hui jamais
cent mille ans plus tôt cent mille ans plus tard
cent mille ans maintenant !

L'Homme se place derrière la Femme comme au début

LE VOYAGEUR, *à l'Homme.*

Vous qui planez d'un autre vol
que ma course de magicien fou

A la Femme :

Vous qui régnez d'un autre règne
que nos espaces illimités
dans votre temps permanent et stable,
et moi qui joue de mon violon
ensorcelant bêtes et gens
autour de ma gaieté amère
nous voilà donc réunis
mais séparés à jamais
dans trois univers différents
qui peuvent se connaître mais non se pénétrer.
Rien ne nous unit,
mais rien ne nous sépare.

Un temps.

Je m'envole sans fin mais je reste
pour vous consoler, pour vous damner poliment,
pour vous bénir avec faste.

LA FEMME

Je demeure sans fin mais je tourne
mouvement sûr, palais sidéral, temps suspendu.

L'HOMME

Je plane, traversé de météores
je m'étends sans peur dans l'inconnu.

LE VOYAGEUR

Plus de pesanteur !

L'HOMME

Nul obstacle !

LA FEMME

Un monde comblé !

Un temps

LE VOYAGEUR

Je m'envole!

L'HOMME

Je plane!

LA FEMME

Je tiens bon!

Un temps.

LE VOYAGEUR

L'impossible est vaincu.

L'HOMME

Tout est prêt pour la surprise.

LA FEMME

Je peux attendre pendant des siècles.

Un temps

LE VOYAGEUR

La vie est un vin ivre
qui fermente et bouillonne
à travers toute la création.

L'HOMME

Les grands absolus
dont nous sommes faits
le temps l'étendue
tout est aboli.

LA FEMME

Tout ce qui vit
devient objet.
Tout l'incertain
devient solide
et se concentre
dans son être.

Un temps.

LE VOYAGEUR

Tout va vers le Dieu

L'HOMME

Tout va vers le rien

LA FEMME

Tout demeure.

Gassin, « Le bon puits Saint-Jean »,
1er — 7 avril 1964.

RYTHME A TROIS TEMPS

OU

LE TEMPLE DE SÉGESTE

A Enrico Fulchignoni.

« Les belles filles, que vous aurez vues à Nîmes, ne vous auront pas moins délecté l'esprit par la vue, que les belles colonnes de la Maison Carrée, vu que celles ici ne sont que de vieilles copies de celles-là. »

Lettre de Nicolas Poussin
à Chantelou, du 20 mars 1642.

RYTHME A TROIS TEMPS

OU

LE TEMPLE DE SÉGESTE

a été créé le 30 mai 1959
au Théâtre de l'Alliance Française

INTERPRÈTES :

Bertille Lafferière
Annette Bartel
Huguette Cléry
Dorothée Blanck
Martine Tharsis
Claudine Dalmas

Le texte du récitant était dit par Jacques Couturier
Peinture projetée de Hartung
Citations musicales extraites
de l'œuvre d'Anton Webern
Mise en scène de Jacques Poliéri

ARGUMENT

Très peu de mots. Très peu de gestes. Mais les uns et les autres organisés pour un « poème à jouer », selon un rythme lent, résolument ternaire.

Avec ce parti pris de stricte mesure, *qui va jusqu'au bord du silence, j'ai tenté de traduire l'émotion qu'éprouve le voyageur lorsqu'il aperçoit, par un plein jour d'été, le temple de Ségeste, debout et solitaire au milieu des monts siciliens, entre la profonde carrière de pierre qui enfanta l'édifice, les vallons secs recouverts d'herbe rase et l'horizon aveuglant, — un paysage immobile, comme fixé dans l'éternel.*

Ainsi, pas d'action dramatique à proprement parler, mais un essai de poésie sur scène. *Pour tous « personnages » (à part une Voix anonyme), six jeunes filles identiques : ce sont les six colonnes soutenant le fronton du temple.*

I

PARTITION POUR LA SCÈNE

PERSONNAGES

Six jeunes filles (A, B, C, D, E et F).	*Elles sont grandes, de taille égale, vêtues très simplement, de robes identiques : une sorte de tunique plissée d'un brun-jaune mat, tirant sur le rougeâtre et qui tombe jusqu'aux pieds.* *(Peut-être portent-elles des masques ou des demi-masques, car l'expression ne doit pas être dans les jeux de physionomie mais dans les gestes — très étudiés, très calculés — et dans les paroles — très avares, très espacées.)*
Une voix d'homme.	*Voix grave, anonyme, sans « effet » de déclamation, voix d'oracle, voix d'un autre monde.* *La voix sort on ne sait d'où. Il y a sans doute un haut-parleur dissimulé sur le proscenium, ou même dans la salle.*

DÉCOR

Rien sur la scène : seulement une estrade, au centre, entourée sur trois côtés (celui du fond étant invisible) de trois marches hautes et larges. L'estrade est assez large et profonde pour que les six jeunes filles puissent y évoluer à l'aise. De même, elles doivent pouvoir évoluer à l'aise sur le sol de la scène, au pied des marches, lorsqu'elles descendront jusque-là.

Couleurs et lumières évoquent successivement le plein jour ensoleillé, le crépuscule, la nuit étoilée, le clair de lune.

Le plein jour. Ciel bleu foncé. Sol brun-fauve. Couleurs évoquant au loin un horizon de montagnes pierreuses, d'un gris pâle, presque blanc, aveuglant. Rien en scène.

LA VOIX, *elle commence sur un ton éclatant qui baissera insensiblement pour devenir, à la fin, mystérieux, presque confidentiel. Elle fait sonner les* s *et appuie sur les* i.

Sicile ! Sicile !
Syracuse ! Sélinonte !

Un temps.

Ségeste !

Vallons fauves,
rochers ocre,
horizon blanc.
Ici le soleil
s'est fixé pour toujours
même s'il pleut sur la mer
même s'il fait nuit sur le monde.

Les trois jeunes filles A, B, C, *sortent de la coulisse de gauche, l'une derrière l'autre. Elles marchent avec une gravité légère, lentement, mais simplement.*

A la face du temple,
six colonnes debout,
six jeunes filles
font procession dans l'immobile.

Nées sous la terre,
dressées dans l'étendue,
vouées à l'esprit,

Elles gravissent les marches du praticable. Parvenues à la dernière marche (la quatrième, c'est-à-dire l'estrade), elles se disposent en oblique par rapport à la scène, tout en faisant face au public. A *étant la plus éloignée et* C *la plus proche.*

silence après silence
elles éveillent la parole.

Pas un souffle !
Rien ne bouge !

Avant qu'elles aient terminé cette évolution, les trois autres jeunes filles D, E *et* F *sortent de la coulisse de droite et accomplissent les mêmes gestes que les trois premières, de sorte que, arrivées à la dernière marche, elles viennent former avec* A, B *et* C *un angle droit, sorte de proue dont la pointe est dirigée vers le public.*

Les trois jeunes filles vont parler sur un ton grave et doux, sans hâte. Chacune ne dit d'abord qu'un seul mot, mais ces trois mots successifs sont liés et séparés des trois suivants par un temps d'arrêt plus ou moins long, suivant le tempo du passage.

Tout le poème est ainsi construit sur un rythme ternaire, même s'il s'agit ensuite de très courtes phrases.

A

D'abord à voix très douce, puis un léger crescendo jusqu'au silence.

Un...

B

Deux...

C

Trois...

Un silence.

F

Un...

E

Deux...

D

Trois...

Un silence.

A, *d'une voix un peu plus forte.*

Un...

F, *en écho atténué.*

Un...

B, *comme* **A**.

Deux...

E, *en écho.*

Deux...

C, *comme* **A**.

Trois...

D, *en écho.*

Trois...

Un silence.

Les six jeunes filles se déploient en ligne, face à la scène, c'est-à-dire que A *et* B, *d'une part,* E *et* F, *d'autre part, avancent, tandis que* C *et* D *n'ont presque pas à bouger. Cependant les six jeunes filles doivent, à la fin de ce mouvement, se trouver à une distance moyenne les unes des autres,* A *étant la première à gauche,* F *la dernière à droite. L'intervalle entre les jeunes filles voisines est à peu près égal à l'espace normal qu'occuperaient deux d'entre elles. Ce sont les six colonnes de l'entrée du temple.*

A, *d'une voix timbrée, un peu forte, sans excès.*

Un...

F, *en écho.*

Un...

B

Deux...

E, *en écho.*

Deux.

C

Trois.

D, *en écho*

Trois...

Un court silence.

D, *voix forte.*

Quatre...

C, *en écho.*

Quatre...

E

Cinq...

B, *en écho.*

Cinq...

F

Six...

A, *en écho.*

Six...

Un silence.

B, D *et* F, *tout en parlant, pivotent lentement sur elles-mêmes, faisant un tour complet, tandis que* A, C *et* E *restent immobiles.*

Clarté.

B, *tout en pivotant et en allongeant la syllabe* om *pour qu'elle dure aussi longtemps que son évolution.*

Om...om...bre...

C

Chemin.

D, *comme* B, *sur l'*î.

Abîme...

E

Raison.

F, *comme* B.

Mystère...

Un silence.

A, *d'une voix nette, sans éclat.*

Un...

D, *ton méditatif,*
comme un écho.

Solitude.

B, *comme* A.

Deux...

E, *comme* D.

Absence...

C, *comme* A.

Trois...

F, *comme* D.

Espace...

Un silence plus bref.

A

Je suis...

B, *enchaînant.*

conscience.

C

Tu es...

D, *enchaînant.*

mémoire.

E

Elle est...

F, *enchaînant,*
mais après un léger
temps d'arrêt,
comme après une hésitation.

l'oubli.

Tandis que A, C *et* E *ne bougent pas,* B, D *et* F *descendent les trois degrés droit devant elles, dans la même ligne perspective que leur place d'origine, et, debout sur le sol de la scène, s'immobilisent.*
Les voix deviennent un peu plus vibrantes et chantantes tout en restant sobres et dignes.

B, *ton élevé, lointain.*

J'étais le rocher...

A, *enchaînant, ton grave.*

je devins la Forme.

D, *comme* B.

J'étais le chaos...

C, *enchaînant comme* A.

je devins le Nombre.

F, *comme* B.

J'étais le sommeil...

E, *enchaînant comme* A.

je devins le Songe.

Sans quitter la troisième marche, A, C *et* E *se déplacent vers la droite, viennent se situer dans la même ligne perspective que* B, D *et* F, *tandis que celles-ci se déplacent vers la gauche, viennent se placer dans la même ligne perspective que les places d'origine de* A, C *et* E.

B, *le corps légèrement de profil, gravit une marche et s'arrête, de nouveau faisant face au public.*

Un pas...

A

Une halte.

D, *même jeu que B.*

Un fleuve...

C

Un rivage.

F, *même jeu que B.*

Un héros...

E

Une femme.

Un temps, pendant lequel B, D *et* F *gravissent, en silence, la deuxième marche.*
Un temps.

Les fifres !

F

Un silence.

Un temps.

C

Une personne !

D

Un peu moins lent. Le vent.

Un temps.

A

Une voix !

B

La mer...

Un temps.

A, C *et* E *reprennent, au même rang, leurs places primitives, tandis que* B, D *et* F, *remontant la dernière marche, reprennent également leurs places primitives.*

A

Moi...

B, *enchaînant.*

le Regard.

C

Toi...

D, *enchaînant.*

la Clarté...

E

Elle...

F

le Miroir.

Un court silence.

A

Un...

B, *enchaînant.*

la parole,

C

Rallentando.

Deux...

Le soleil se retire lentement. L'ombre envahit peu à peu la scène.

D, *enchaînant.*

l'écho,

E

Trois...

F, *enchaînant et donnant, sans grandiloquence, beaucoup d'ampleur au mot « monde ».*

le monde...

Un temps.

A

Le soleil tourne,

C

De nouveau très lentement, sur un ton presque rêveur.

L'ombre descend,

E

Les astres glissent.

Un temps.

B, *la tête fixe.*

Immuable,

D, *idem.*

Je demeure,

F, *idem.*

J'attends.

Un temps.

A, *tournant la tête lentement à droite.*

J'interroge...

C, *baissant la tête comme pour un acquiescement.*

J'obéis...

B, *la tête vers la gauche.*

Je médite.

Un temps.

Les jeunes filles descendent ensemble, et de face, une marche, c'est-à-dire une marche pour chacun des trois mots « dialogue », « cité », « tombeaux ». A chaque marche, elles s'espacent un

Le dialogue,

D

La cité,

peu plus (effet cinématographique : comme si la caméra se rapprochait).
Parvenues sur le sol de la scène au pied des marches, elles restent d'abord immobiles.
A, B *et* C *d'une part,* D, E *et* F *d'autre part, se déploient en demi-cercle, évoluant très lentement.* A, B *et* C *ont simplement rabattu un pan de leur voile sur leur front.* D, E *et* F *indiquent à peine, d'une seule main, le geste d'offrir.*
A *restant au centre, ses compagnes décrivent autour d'elle, très lentement, un cercle parfait.*
F *puis, successivement,* E, D, C, B *et* A *gravissent les marches en oblique.*
Revenues sur la dernière marche, elles font deux ou trois évolutions très simples et très

F

Les tombeaux !

Un temps.

LA VOIX, *grave, mystérieuse, sortant de l'ombre.*

Les pleureuses, les porteuses d'offrandes...

Un temps.

Les heures du jour, les calculs de l'intelligence...

Les mesures du poème, les degrés de la musique...

La marche des astres, les révolutions célestes...

Les colonnes du temple, l'édifice universel.

Un silence.

lentes, se croisant sans se toucher, puis elles s'immobilisent de nouveau, dans l'ordre initial.
La lumière de la lune apparaît et rend les robes des « colonnes » comme phosphorescentes.

A, *pathétique, chantant presque.*

Frémis, solitude !

B, *presque chuchoté, avec un étonnement dramatique.*

Hors du temps ! la pierre, la pierre !

C

Resplendis, silence !

D, *comme* B.

Hors du temps, les cigales...

E

Règne, règne, Espace !

F, *toujours chuchoté.*

La lumière lunaire tourne.

Hors du temps, hors du temps, cigales, pierres, cigales, pierres, hors du temps...

Les autres répètent les mêmes mots, mais cela devient un murmure confus, indiscernable. Puis seules, B, D *et* F *continuent ce murmure, tandis que la voix de* A, *de* C *et de* F *s'élèvera au-dessus de lui, distincte et grave.*

A

Ton plus lointain.

Jadis je fus !

C

Toujours je suis !

E

J'affirme, je nie !

Un temps. Le murmure s'arrête.

A

L'homme effacé

C

Les âges révolus

F, *avec une insistance dure, martelée, croissante, mais sereine.*

Le cercle parfait

Un temps.

Face contre face,
Le gouffre et la pierre,
La mort et la vie,
L'espace et l'instant,

Un silence.

Le secret des Dieux.

II

TEXTE SEUL

UNE VOIX DANS L'ESPACE

Sicile ! Sicile !
Syracuse, Sélinonte,

Ségeste !

Vallons fauves,
rochers ocre,
horizon blanc.
Ici le soleil
s'est fixé pour toujours
même s'il pleut sur la mer
même s'il fait nuit sur le monde.

A la face du temple,
six colonnes debout,
six jeunes filles
font procession dans l'immobile.

Nées sous la terre,
dressées dans l'étendue,
vouées à l'esprit,
silence après silence
elles éveillent la parole.

Pas un souffle !
Rien ne bouge.

LES COLONNES

Un — Deux — Trois...
Un — Deux — Trois...

Un (un) — Deux (deux) — Trois (trois)...
Un (un) — Deux (deux) — Trois (trois)...
Quatre (quatre) — Cinq (cinq) — Six (six)...

Clarté — Ombre
Chemin — Abîme
Raison — Mystère...

Un — Solitude.
Deux — Absence.
Trois — Espace...

Je suis — conscience.
Tu es — mémoire.
Elle est — l'oubli.

J'étais le rocher : je devins la Forme.
J'étais le chaos : je devins le Nombre.
J'étais le sommeil : je devins le Songe.

Un pas — Une halte.
Un fleuve — Un rivage.
Un héros — Une femme.

Les fifres ! — Un silence.
Une personne ! — Le vent.
Une voix ! — La mer...

Moi — le Regard,
Toi — la Clarté,
Elle — le Miroir.

Un — la parole,
Deux — l'écho,
Trois — le monde.

Le soleil tourne.
L'ombre descend
Les astres glissent.

Immuable,
Je demeure,
J'attends.

J'interroge.
J'obéis.
Je médite.

Le dialogue...
La cité...
Les tombeaux...

LA VOIX

Les pleureuses, les porteuses d'offrandes...
Les heures du jour, les calculs de l'intelligence...
Les mesures du poème, les degrés de la musique...
La marche des astres, les révolutions célestes...
Les colonnes du temple, l'édifice universel...

LES COLONNES

Frémis, solitude !
Hors du temps ! La pierre, la pierre !

Resplendis, silence !
Hors du temps, les cigales...

Règne, règne, Espace !
Hors du temps, hors du temps, cigales, pierres, cigales,
pierres, hors du temps...

Jadis je fus !
Toujours je suis !
J'affirme, je nie !

L'homme effacé,
Les âges révolus,
Le cercle parfait.

Face contre face,
Le gouffre et la pierre,
La mort et la vie,
L'espace et l'instant,

Le secret des Dieux.

DU MÊME AUTEUR

Aux Éditions Gallimard

Poésie

ACCENTS.
LE TÉMOIN INVISIBLE.
JOURS PÉTRIFIÉS.
MONSIEUR MONSIEUR.
UNE VOIX SANS PERSONNE.
CHOIX DE POÈMES.
HISTOIRES OBSCURES.
FORMERIES.
COMME CECI COMME CELA.
MARGERIES. Poèmes inédits 1910-1985
DA CAPO.

Poésie/Gallimard

LE FLEUVE CACHÉ.
LA PART DE L'OMBRE.
L'ACCENT GRAVE ET L'ACCENT AIGU
POÈMES À VOIR.

Prose

FIGURES.
UN MOT POUR UN AUTRE.
LA PREMIÈRE PERSONNE DU SINGULIER
PAGES D'ÉCRITURE.
LES PORTES DE TOILE.
LE PROFESSEUR FROEPPEL.

LES TOURS DE TRÉBIZONDE.

ON VIENT CHERCHER MONSIEUR JEAN.

LE MIROIR ÉBLOUI.

LETTRE DE HANOI.

Théâtre

THÉÂTRE DE CHAMBRE.

POÈMES À JOUER *(Théâtre II)*.

UNE SOIRÉE EN PROVENCE OU LE MOT ET LE CRI *(Théâtre III)*.

LA CITÉ SANS SOMMEIL *(Théâtre IV)*.

LA COMÉDIE DU LANGAGE *suivi de* LA TRIPLE MORT DU CLIENT («Folio», *n° 1861*).

LA COMÉDIE DE LA COMÉDIE («Folio», *n° 2149*).

LA COMÉDIE DU DRAME («Folio», *n° 2441*).

Éditions illustrées

JOURS PÉTRIFIÉS, avec six pointes sèches de Roger Vieillard.

L'ESPACE DE LA FLÛTE *(poèmes)*, variations sur douze dessins de Pablo Picasso.

CONVERSATION-SINFONIETTA, essai d'orchestration typographique de Massin, coll. «La Lettre et L'Esprit».

Livres illustrés pour enfants

IL ÉTAIT UNE FOIS, DEUX FOIS, TROIS FOIS... OU LA TABLE DE MULTIPLICATION MISE EN VERS, illustrations d'Élie Lascaux (repris dans la coll. «Enfantimages»).

JEAN TARDIEU UN POÈTE («Folio Junior», série En Poésie).

JE M'AMUSE EN RIMANT («Folio cadet Or»).

Traductions

GOETHE : *Iphigénie en Tauride-Pandora* (Théâtre de Goethe, Bibliothèque de la Pléiade).

HÖLDERLIN : *L'Archipel* (Deux fragments dans *Accents*)

Chez d'autres éditeurs

LE FLEUVE CACHÉ *(Schiffrin).*

POÈMES *(Le Seuil).*

LES DIEUX ÉTOUFFÉS *(Seghers).*

BAZAINE, ESTÈVE, LAPICQUE, en collaboration avec André Frénaud et Jean Lescure *(Carré).*

LE DÉMON DE L'IRRÉALITÉ *(Ides et Calendes).*

CHARLES D'ORLÉANS *(P.U.F.).*

LE FAROUCHE À QUATRE FEUILLES, en collaboration avec André Breton, Lise Deharme et Julien Gracq *(Grasset).*

DE LA PEINTURE ABSTRAITE *(Mermod).*

JACQUES VILLON *(Carré).*

HANS HARTUNG *(Hazan).*

HOLLANDE. Textes pour des aquarelles de Jean Bazaine *(Maeght).*

C'EST À DIRE. Une phrase inédite, avec huit aquarelles de Fernand Dubuis *(Éd. G.R.).*

DÉSERTS PLISSÉS. Texte accompagnant 24 frottages de Max Ernst *(Bolliger).*

OBSCURITÉ DU JOUR. Coll. « Les Sentiers de la création » *(Skira).*

UN MONDE IGNORÉ. Textes pour l'album de photographies de Hans Hartung *(Skira).*

LE PARQUET SE SOULÈVE. Poèmes accompagnant six compositions originales de Max Ernst *(Brunidor-Apeïros).*

L'OMBRE LA BRANCHE. Poème accompagné de lithographies de Jean Bazaine *(Maeght).*

DES IDÉES ET DES OMBRES. Texte accompagné d'estampes de Pol Bury *(R.L.D.)*.

UN LOT DE JOYEUSES AFFICHES. Illustrations de Pierre Aleschinsky *(R.L.D.)*.

CARTA CANTA, avec un « Portrait à la diable » pour une suite de dix eaux-fortes en couleurs de Pierre Alechinsky *(chez Lydie et Robert Dutrou, imprimeurs et éditeurs à Paris)*.

Impression Bussière Camedan Imprimeries
à Saint-Amand (Cher),
le 4 mai 2001.
Dépôt légal : mai 2001.
1er dépôt légal dans la collection : mars 1990.
Numéro d'imprimeur : 012078/1.
ISBN 2-07-038239-7./Imprimé en France.

4058